*An die Frauen in der orientalischen Welt, die von der Heldin
dieser Geschichte verkörpert werden.
An die Heldin, die ihren Namen nicht enthüllen möchte und
sich mit der Erwähnung der Initialen „N.N." begnügt.*

*All diesen Frauen möchte ich durch meinen Roman eine Stim-
me des Aufschreis geben, in der Darstellung ihres Kummers
und Elends und ihrer Rebellion gegen die Ungerechtigkeit in
der orientalischen Welt.*

Haitham Nafel Wali

EINE FRAU AUS DEM ORIENT

Aus dem Arabischen von
HAITHAM NAFEL WALI.

Roman – nach einer wahren Begebenheit.

Eine Reise zwischen qualvollem Tod
oder selbstbestimmtem Leben.

Ihre Seele erlitt einen qualvollen Tod, und wurde
durch ihre ihre Rebellion wiederbelebt.

1. Auflage 2021

Werk: Eine Frau aus dem Orient (Roman)
Autor: Haitham Nafel Wali
Die arabische Originalausgabe erschien 2017 in bei
Shams Group, Kairo

Umschlagmotiv: SALON LiteraturVERLAG

Übersetzung: Flora Al-Septi

Herstellung und Verlag: BoD - Books on Demand,
Norderstedt

ISBN: 9783753476346

PROLOG

Eine Zeit, geprägt von kleinen Menschen ... trotz ihrer riesigen Gemüter. „Abo Altaieb Almotanabi"

Weise ist der Mensch, der sich nicht immer an die Weisheit lehnt!

Unsere Seelen sind das Spiegelbild unserer Bedürfnisse. Wir werden die Ereignisse verfolgen und dabei keinen Augenblick vergessen, dass die Glückseligkeit eines Menschen genau so kurz ist wie sein Leben auf dieser Erde.

Die Ereignisse in dieser Geschichte sind wahre Begebenheiten. Sie erfordern also keine Kreativität, denn sie sind ein Teil unserer orientalischen Gesellschaft, sie sollen dabei in keiner Weise diskriminierend wirken! .... Sie beruhen auf fragmentierten Papierkritzeln, d.h., sie waren fragmentiert. Genauer gesagt, waren es handgeschriebene Kritzel auf kleinen Papierstücken, es sollten ziellose Texte sein, ohne auf die Schreibweise oder Formulierung zu achten. Niedergeschrieben sind Erinnerungen aus dem Gedächtnis einer irakisch-stämmigen Frau, die in Bagdad geboren ist. Ihre Geschichte spiegelt nicht nur die Realität vom Leben im Irak wieder, sondern die vom Leben in der orientalischen Welt. Sie ist täglicher Bestandteil der arabischen Welt und unterscheidet sich lediglich in ihren Themen, Namen und Menschen. Die bittere Wahrheit ist, dass diese Geschichten von der Geschichte der leidenden N.N. verkörpert werden, denn ihre ist kein bisschen anders.

An dieser Stelle möchte ich meine Achtung ausdrücken. Diese gilt dem Bewältigen des Ausmaßes an Leid und Elend, das die Heldin dieser Geschichte über sich ergehen ließ. Ihr Dilemma hat sie zu einem mechanisch getriebenen Wesen verwandelt, bestehend aus Durchhaltevermögen und Geduld. Sie existierte für die Bedürfnisse und Gelüste ihres Mannes. Sie war ein Mensch, der von Menschlichkeit entblößt ist, wie ein Dichter entblößt ist von seinen Gefühlen.

Aber die qualvollen Jahre haben sie verändert, sie rebellierte, durchbrach alle Hürden und überschritt Grenzen in der Hoffnung, den Menschen in ihr von den Wunden zu heilen und wieder so zu sein, wie Gott sie erschaffen hat. Es liegt mir deshalb sehr am Herzen, mein Mitgefühl in besondere Weise zum Ausdruck zu bringen – mit möglichst vielen Details, die wie ein Kloß sind, der nicht runtergeschluckt werden kann und im Hals stecken bleibt. Ich habe die wahre Geschichte mitgelebt und davon mit meinem Stift ein Bild gemalt. Ein Drama ist dadurch zum Leben erwacht, das ein Bild der wahren Geschichte illustriert.

Ich habe nicht die Absicht, die Leser zu täuschen. Ich verachte Täuschung. In meiner Heimat wäre die Situation anders. Dort würde eine persönliche Begegnung zustande kommen, sehen und gesehen werden, hören und gehört werden, die Blicke beobachten und die Gefühle spüren ...Doch ich bin hier, und von hier aus kann ich die Leser nur über Telefon oder Briefe erreichen. Letztere verbergen Tränen und hören nicht den Schlag eines gekränkten Herzens!

In der Erzählung der Ereignisse habe ich stets die menschliche Seite hervorgehoben, mich mit den Einzelheiten auseinandergesetzt, die die Realität abbilden, und dabei die Gelegenheit genutzt, die Gesellschaft kritisch darzustellen. Eine Kritik, die konstruktiv ist und der Gesellschaft Stärke und Stabilität verleihen soll. Nun ist es mir gelungen, aus den Papierkritzeln eine harmonische Einheit zu bilden, einen Roman, in dem die beteiligten Charaktere als Helden erscheinen, deren Leben den Leben aller Menschen entsprechen. Die beste Kritik bleibt ein Versuch für eine Erklärung. Für eine konstruktive und zielführende Kritik bin ich bereit, mein Herz zu öffnen und diese mit weit ausgestreckten Armen zu begrüßen. Aber nur für eine Kritik, die nach einer Bedeutung strebt und diese auch findet! In der Erzählung dieser Geschichte und dem Austausch mit den Beteiligten habe ich stets danach gestrebt, den Menschen dabei zu helfen, ihre wahren Absichten zu zeigen und ihre menschliche Seite wiederzufinden. Mir lag es sehr am Herzen, die Leser in den Kampf zwischen Menschen und ihren Schicksalen und der dominierenden Macht des Universums einzuweihen. Deshalb habe ich die Charaktere so illustriert, wie Gott sie erschaffen hat, von allem entblößt außer von Ihrem Selbst.

Ich habe unaufhörlich danach gestrebt, die Realität der Geschichte zu leben, um sie so wahr wie möglich wiederzugeben, damit die Leser an ihre Wahrhaftigkeit glauben. Zumindest möchte ich die Aufmerksamkeit der Leser auf die Tatsache richten, dass dies ein alltägliches Ereignis in der orientalischen Welt ist. Vielleicht kann ich auf diese Weise dazu beitragen, dass solche Begebenheiten keinen Nährboden mehr finden. Andererseits bin ich mir durchaus über die Besonderheit der Erzählform bewusst, möglicherweise wird sie etwas sonderbar für die Leser erscheinen, denn bisher haben nur vereinzelte andere Schriftsteller in dieser Form geschrieben. Eine der wenigen Ausnahmen ist der irakisch stämmige Romanautor Muhsin Al-Ramli in seinem Roman „Al-Fattit Al-Mobaethr" – „Verstreute Brocken". Gewiss werden die Leser auf Unerwartetes treffen in ihrer Reise durch diesen Roman. Um die Spannung aufrecht zu halten, begnüge ich mich vorerst mit der Kurzfassung der Geschichte und freue mich bereits auf Ihre Reaktionen und Eindrücke als Leser nach Vollendung des Romans. Sie werden nach und nach verstehen, warum ich mich für die Publizierung dieser Begebenheit entschieden habe. Ich bin davon überzeugt, dass Sie als Leser meine Meinung teilen werden, sie werden sowohl menschlich als auch emotional gerührt sein. Und spätestens dann werden Sie wahrscheinlich sagen: Diese Geschichte ist es wert, gelesen zu werden.

Viele empfinden das Schreiben als einen Weg, die eigenen literarischen Gedanken in Worte zu fassen. Aber hierbei sehe ich mich in der Verantwortung, das niederzuschreiben, was meine Augen gesehen und gelesen haben, und was mein Gedächtnis gespeichert hat. Ich hoffe, dass die gleichgesinnten Leser und Leserinnen von mir nicht eine neutrale Haltung erwarten gegenüber der bitteren Realität, die ich schildern werde. Es würde mich sehr verwirren, wenn dem so ist, und die Enttäuschung in mir würde sich deutlich bemerkbar machen, denn die Realität ist Sarkasmus selbst. Da ich persönlich keine Ungerechtigkeit dulde, kämpfe ich dagegen an, in dem ich diese Geschichte mit einer Präzision niederschrieb, die der Saiten einer Geige entspricht. Ich brachte meine Leidenschaft in meinem Schreibstil zum Ausdruck, als wäre ich Hals über Kopf in meine erste Liebe verliebt. Ich bin überzeugt, dass Schreiben eine Mischung aus Ernsthaftigkeit und Humor ist; eine weiße Revolution ohne Waffen, etwas Spirituelles, das keinen Bezug zur materiellen Welt hat. Schreiben drückt Großmut und Kummer sowie Sehnsucht und Hoffnung aus. Es ist wie ein Lichtblitz und manchmal wie ein Donnerschlag, ein Vulkanausbruch, ein plötzliches Erwachen aus dem tiefen Schlaf bis hin zu einer ständigen Schlaflosigkeit, die nur dann ein Ende nimmt, wenn ich als Autor all diese Gefühle niedergeschrieben habe. Von da an beginnt eine Reise zwischen Zweifeln und Gewissheit, Selbstkritik und Kopfzerbrechen, Sehnsucht und Verlangen sowie liebevollen Worten und Wertungen.

Die Menschen in der orientalischen Welt können nicht einfach rebellieren, denn sie werden von Milizen manipuliert, deren Macht und Einfluss unter den politischen Strömungen getarnt sind – während andere im Exil Werte vertreten, die in jeder Hinsicht entsetzlich und zerstörerisch sind. Ich möchte hiermit betonen, dass ich ausschließlich meine persönlichen Werte und meine Loyalität zur Heimat vertrete ... Meine Loyalität zu deren Erde, Wasser, Menschen mit allen Ethnien, dargestellt mit wahren Worten. Wahre Worte sind aus meiner Sicht in Taten umzusetzen, und Taten tragen zum Aufbau und zur Weiterentwicklung bei. Dabei würde keine Zeit bleiben für zurückgelassene Trümmer aus Erinnerungen.

Dieser Roman erzählt von einer düsteren Zeit, einem riesigen Berg im Dunkeln. Sie spielt sich auf der Weltbühne ab, sein Thema betrifft die schmerzliche und beschämende Wahrheit, die in unserer Kultur als eine Schande erachtet und geheim gehalten wird. Hierzulande überwältigt mich die Bedrängnis, diese Wahrheit zu offenbaren, sie zu entblößen, nachdem sie meine Sinne durchlief und wie ein Spiegel in Form eines Romans erschienen ist. Mit dem Roman möchte ich die Botschaft senden: Euer Leben ist das Spiegelbild eurer Einstellung und eurer Taten!! Ich hoffe, dass dieser Roman das Interesse der Leser und Leserinnen weckt und dass ich dadurch als Autor eine angenehme Spur hinterlasse, die nicht allzu schnell von der Zeit verwischt wird. Erfolg kommt von der schöpferischen Quelle des Allmächtigen, von Gott. Unser Geist und Intellekt sind von Gott zur freien Entfaltung erschaffen worden und dürfen nicht unterdrückt oder untergraben werden. Ihre Meinung ist mir wichtig … Begleiten Sie mich durch diese Reise …

Haitham Nafel Wali, 23. März 2018, München

EINE FRAU AUS DEM ORIENT

Aus dem Arabischen von
HAITHAM NAFEL WALI.

Roman – nach einer wahren Begebenheit.

Eine Reise zwischen qualvollem Tod
oder selbstbestimmtem Leben.

Ihre Seele erlitt einen qualvollen Tod, und wurde
durch ihre ihre Rebellion wiederbelebt.

1

In seinem Appell an Frauen sagt der Dichter „Elias Abu Shabkah": *Verzweifelt nicht, sobald sich das Glas leert – denn jedes Jahr reifen die Trauben.*

Nach dem Motto „Wer die Wahrheit findet, wird von den Lügen verschont", begann „N.N.", die Heldin meines Romans, ihre Geschichte zu erzählen. Ihre Art war sehr bescheiden. Sie erschien naiv und zugleich authentisch wie ein unschuldiges Kind und wirkte, als würde sie auf einem Teppich aus Federn weben, als sie erzählte:

Das Leben enttäuschte mich, als es mir die Möglichkeit nahm, ein Ende dafür zu setzen. Mein Glück ähnelt dem Schicksal von Trommelstöcken, mit denen so oft getrommelt wird, bis sie brechen. Gott bescherte mir eine liebenswürdige Seele, für die ich gebüßt habe. Dennoch gilt meine Liebe einzig und allein Gott!

Schon immer hatte ich eine Leidenschaft für alle Facetten der Kunst. Doch ohne Publikum hat Kunst keinen Nutzen! Der Glaube an unser Selbst kann vom Nebel getrübt sein, mit anderen Worten, unser Selbstbild kann manchmal vom Nebel unserer Seelen getrübt sein! Und unsere Tränen sind eine Sprache ohne Alphabet, für die es keinen Wortschatz gibt. Sie sind ein Mittel zur Befreiung der Seele von allen Sünden und Lasten. Aber waren Tränen jemals der Auslöser für Hass oder Liebe? Sie sind möglicherweise glaubwürdig und rührend, aber niemals können sie sich in

Hass oder Liebe verwandeln. Können Tränen einen geliebten Menschen, für den der Tod prädestiniert war, wieder ins Leben zurückholen? Sind sie etwa ein Mörder, der uns mit seiner Intention plötzlich überwältigt? Können sie so viel mit uns anrichten? ... Unsere Tränen sind bemitleidenswert und erbärmlich. Möglicherweise sind sie nur ein Trost für die Seele!

In meinem Herzen befindet sich eine verheerende Angst. Sie verleitet mich dazu abzutauchen und zu verschwinden. Mir kommt es vor, als würde das Leben sich gegen mich stellen, es stellt sich auf die Seite des Bösen und eines dunklen Schicksals. Ich habe nie zuvor den Mut gehabt zu kämpfen, denn ich bildete mir ein, ich sei unfähig dazu. Ich habe immer gezögert dies zu wagen, es war meine Natur, bis ich zusammengebrochen bin ... denn so wurde ich geboren und großgezogen. Ich bin durch das Leben, durch Trümmer und Tod gegangen, bis ich mein dreißigstes Lebensjahr erreicht habe. Dies war der Wendepunkt in meinem Leben. Ich habe endlich gekämpft und rebelliert – für ein besseres Leben, ein Leben, das mir Gott beschert hat ...

Mit purer Wehmut fährt sie fort, als hätte sie ihren Tod bereits erahnt. Sie fühlt sich so leer wie ein abgeerntetes Feld im Winter:

Das Problem bestand von Anfang an darin, dass meine Fähigkeit, eine Entscheidung zu fällen, desaströs ist. Zumal ich in einer Gesellschaft lebte, die stets von bösen Absichten ausgeht. Dies raubt uns den Schlaf!

Eine düstere Gesellschaft aus dem Orient, die nicht einen Sonnenstrahl erblickt hat – verdunkelt durch böse Absichten. Je mehr ich über eine gewisse Entscheidung nachdachte, desto weiter war ich von der bestmöglichen Lösung entfernt! Erst als ich mich im fortgeschrittenen Alter mit dem Schreiben befasst habe, fühlte ich mich in der Lage, die richtigen Entscheidungen zu treffen. Anfangs war mir dieser Wandel nicht bewusst. Doch ganz bald war er deutlich spürbar und ich habe wieder zu mir selbst gefunden. Mein Geist ging, aufgrund der Sorgen und dem Alltagsstress in meiner Ehe, verloren. Meine Ehe war ein reines Schauspiel, das ich aufgeführt habe, um mich am Leben zu halten. Ich war gezwungen, eine Schauspielerin aus mir zu machen, die ihre Rolle meis-tern musste, um ihren Platz auf der Bühne zu wahren. Ein Abschied von dieser Bühne würde die Rückkehr zu meinem Elternhaus bedeuten, und dort würde ich wie eine schwere Last behandelt werden. Sie würden mich wie eine gefährliche oder ansteckbare Krankheit betrachten, die schnellstens beseitigt werden muss. Und deshalb habe ich das Leben mit meinem Mann in Kauf genommen, in der Hoffnung einen Ausweg darin zu finden – bis es zu spät war und ich die Last von drei Kindern tragen musste und den Pflichten ihnen gegenüber. Für eine Veränderung, die mich aus diesem Teufelskreis hätte herausholen können, war ich machtlos. Ich bin aus Zwang durch meine Familie da hineingerutscht, meine Zustimmung oder Abneigung waren peripher.

Zurück an den Punkt, den ich zuvor erwähnt habe, nämlich der Methode, die mir geholfen hat, meine Krisen zu überwinden – das Schreiben. Es hat mir zum einen dabei geholfen, den richtigen Weg zu finden, und zum anderen hat es mich aus dem tiefen dunklen Loch gezogen, in das ich willenlos hineingefallen war. Sobald ich in die Welt des Schreibens vertieft war, die ich leider viel zu spät entdeckte, überwältigte mich eine große Freude. Man sagt ja: Lieber zu spät als nie ...

• • •

Auf einen Schlag fühlte sich N.N. verloren und einsam wie der Mond im Himmel, der nur angestarrt werden kann! Sie war stumm wie die Gedanken, und Gedanken können irreführend und qualvoll sein, sie summten in ihrem Kopf wie ein Bienenschwarm und erzeugten tausend Fragen. Warum sind wir Orientalen wohl so gestrickt, als wären unsere Füße klüger als unser Verstand? An dieser Stelle fällt mir das Zitat des revolutionären Schriftstellers „Maxim Gorki" ein, den ich neulich in einem Artikel las: Das Land gehört dem Volk, das Volk kann Wunder vollbringen, das Volk ist die mächtige Gottheit und es kann durch seine Willenskraft und Stärke große Veränderungen herbeiführen."

• • •

Religionen sind im Zuge von Angst, Unwissenheit und dem Verschwinden von menschlichen Werten entstanden. Sie sind die Folge von dominierender Ungerechtigkeit und Autoritarismus. Diese Religionen haben die Menschen in Gläubige und Sünder aufgeteilt, in Gutmütige und Böse, so dass Ungerechtigkeit nach wie vor existiert! Aus diesem Grund ist zu empfehlen, Freunde zu wählen, die der eigenen Konfession wenig Beachtung schenken! ...

Unter diesen Bedingungen ist „N.N." geboren worden, in einer bescheidenen, aber großmütigen Familie, glücklich und dankbar. Man könnte meinen, Dankbarkeit sei ihre vorherrschende Eigenschaft seit ihrer Geburt.

Von ihren Geschwistern ist sie das Drittgeborene und folgt als Viertgeborene nach ihren Brüdern. Die Familie wohnte in einem armen Viertel Namens „Al Resafa" in Bagdad. Ihr Vater war Schreiner, der über drei Jahrzehnte in einer Werkstatt im Zentrum von Bagdad gearbeitet hat. Er betrieb die Werkstatt bis zu seinem Tod. Als monatliche Hinterbliebenenrente bekam die Familie einen halben Dinar, der zum Überleben reichen sollte!

N.N.s bedingungslose Liebe zu Kindern lässt sich kaum in Worten beschreiben. Ihre Person ist von schönen Charakterzügen geprägt. Wenn man ihr näherkommt, zeigt sich das vierjährige Mädchen, das noch in ihr steckt. Durch die Wärme und Intimität in ihrer Stimme wirkt ihre Art zu Reden sehr inspirierend und authentisch, als würde sie sich für etwas entschuldigen ...

Das Haus, in dem sie wohnten, bestand aus nackten Wänden, die seit langer Zeit von Schimmel befallen waren. Es hatte einen riesigen Hof, wo hunderte Schafe hätten grasen können ... Alle Nachbarn in dem Viertel waren umgänglich und nahbar. Nichtsdestotrotz konnten sie hin und wieder auch anders sein. Aber ihre friedliche und versöhnliche Art brachte sie alle schnell wieder zu ihren Wurzeln zurück, sie waren wie barmherzige Engel. Sobald ein Fremder seinen Fuß über die Mauern des Viertels setzte, wurde er durch den Lärm vom Geschrei der barfuß laufenden Kinder entlarvt. Diese Kinder waren einzig und allein durch ihre zerrissene, meist geflickte Kleidung geschützt. Geprägt durch ihre Unschuld, spielten sie mit Spielzeugen, die sie mit ihren bloßen Händen bastelten. Ihr geistiges Geschick und ihre Kreativität waren trotz der wenigen Möglichkeiten, die sie hatten, sehr beneidenswert!

Ihre Mutter konnte weder lesen noch schreiben. Das Leben hat ihr allerdings Werte gelehrt, die wir nicht durch schulische Ausbildung erlernen können. Sie war bestimmend und zugleich barmherzig und gütig. Durch ihr außergewöhnliches Gespür für die Bedürfnisse ihrer Kinder, konnte sie erahnen, was ihnen fehlte, und sorgte dafür, dass sie es bekamen.

„N.N.s" ältester Bruder heißt Kadhum. Er war der härteste von allen und zugleich der gütigste in der Familie. Er verkörperte die Paradoxität der Menschen. Er konnte konventionell und zugleich extrem sein, schön und hässlich, böse und großartig, sogar verehrenswert. Seine Ehe war die Frucht einer leidenschaftlichen Liebe mit einer Frau derselben Religionszugehörigkeit. Er widmete sein Leben nur ihr allein und vergaß darüber die ganze Welt. Er ist bis heute nicht aus seinem Liebeskoma erwacht. Trotzdem wagt er es mit einem reinen Gewissen wie dem eines Priesters seiner Frau gegenüber fremdzugehen. Seine Taten haben ihm kaum den

Schlaf geraubt, als wären sie Gebete, die er regelmäßig ausführt. Er genoss ein hohes Ansehen in den Augen seiner Mitmenschen und wurde als eine Art Pflichtgebet betrachtet, durch den sich die Menschen von ihren Schuldgefühlen befreien.

Um fair zu sein, muss ich sagen, dass seine Sicht der Dinge verschwommen blieb. Ich konnte ihm ansehen, dass er von Qualen und Kummer erfüllt war. Doch meinen jüngsten Bruder Hisham habe ich am meisten geliebt. Er ist trotz seines jungen Alters zweifellos der Weise in der Familie. Lacht gerne, macht Witze und sorgt für gute Laune! Seine Weisheiten kann ich mir nicht erklären, und seine Sicht der Dinge ist rational. Seine Vernunft ist wie eine Waage, die ich am liebsten für alles verwenden würde. Denn er kann Situationen fair einschätzen. Seine Anregungen sind so klug, dass es mir oft schwer fällt zu glauben, dass sie aus dem Mund eines so jungen Mannes kamen. Mit der Zeit gewöhnte ich mich daran, ihn, sowohl in kleinen als auch in großen Belangen, in meinem Leben um Rat zu fragen. Dies war der Antrieb für die Veränderung in meinem Leben, über die ich erzählen werde. Denn diese Veränderung verdanke ich Gott und meinem jüngsten Bruder.

2

Das Leben liegt in des Menschen Hand, und der Tod in der Hand Gottes. Jeder zählt als Heiliger, solange der Teufel in ihm schläft. Die Wölfe leben in Rudeln, aber der Mensch bevorzugt das Chaos!

Zu Beginn der Erzählung beschreibt N.N. ihr Leben mit einer ungewöhnlichen Präzision und wirkt dabei wie jemand, der versucht, eine Haarsträhne in zwei Hälften zu teilen:

Die Hauptperson in meinem Roman erzählte ihre Geschichte mit vielen Details. Sie wirkte dabei wie jemand, die versucht, eine Haarsträhne in zwei Hälften zu teilen:

Mein Leben mit meinem Mann war bitter, ähnlich wie das Leben der Sünder und Bösewichte in der Hölle. Ich war nicht in der Lage zu rebellieren. Aber noch mehr kränkt mich, dass ich meine Kindheit nicht ausleben durfte. Wenn ich auf sie zurückblicke, breche ich in Tränen aus! Mein treuloser Mann, der die Gestalt des Teufels annimmt, hatte einfach Glück gehabt. Ich würde mein Leben, das definitiv alles andere als gewöhnlich war, und damit die verlorenen Jahre, schlichtweg als lächerlich bezeichnen! Gleichzeitig wird eine Stimme in mir immer lauter, ich höre sie läuten wie Kirchenglocken. Sie sagt: Wahres Glück liegt darin, dass jeder in deiner Umgebung davon betroffen wird. Es liegt darin, dass alle glücklich und dankbar sind für die positive Energie, die du ihnen gibst, so dass sie vor Freude tanzen und singen. Genau diese positive Energie wirkt wie ein Stück Land, das viel zu geben hat. Und erst dann spürst du, dass du auch anderen Menschen ein Stück Leben schenkst, wie der Schöpfer uns damit beschert hat.

Ich habe das Leben einer Stummen geführt, wie Kerzen mit ihren weißen Tränen. Ich fühlte tödliche Einsamkeit, wie der einsame Mond am Himmel, wie die Erde, die mit Löchern vernarbt ist, war weggetreten wie eine Geistesgestörte. Damit möchte ich sagen, dass ich selten sprach. Ich speicherte die Ereignisse als Bilder in meinem Gedächtnis, beobachtete das Leben aus der Ferne, ohne mich daran zu beteiligen. Ich war generell nicht redselig und mied Kontakte zu den Mitmenschen. Ich verhielt mich wie ein Schatten, lautlos. Mein Wesen war unauffällig. Deshalb zerbröselte die Hoffnung in mir nach und nach, bis sie zu einem Rauchfaden wurde, der schnell verschwindet. In Momenten wie diesen suchte ich das innige Gespräch mit mir selbst, lautlos natürlich, denn ein lautes Nachdenken hätte mein Ende bedeutet.

Warum bin ich in dieser Familie geboren? Warum wurde ich so ungerecht behandelt und auf diese Art verheiratet? Vielmehr, warum hat mir meine Familie die schulische Bildung verwehrt und das Lesen und Schreiben zu meinem sehnlichsten Wunsch werden lassen? Genau dies war jahrelang mein Traum, den ich erst als erwachsene Frau im Alter von dreißig Jahren verwirklichen konnte. Ich besuchte eine Abendschule für Analphabeten ...

Mit drei Kindern am Hals habe ich die Buchstaben des Alphabets gelernt. Zu der damaligen Zeit war das älteste meiner Kinder vierzehn Jahre alt. Für ein stabiles und menschenwürdiges Leben hatten wir kein Einkommen. Ich bat meine Mutter wiederholt um Unterstützung. Ja, sie war mir eine große Hilfe und der einzige Draht hierher in diese verstörte Welt, in der ich lebte. Schmerzerfüllt, als würde der Tod ihre Seele aus ihrem Leib reißen, stellte sie sich immer wieder die Frage: „Wann ist es endlich vorbei?"

3

„Jemand, dem nicht zugehört wird, der kann keinen Rat geben. " Ali ibn abi Talib

Unbeirrt setzte „N.N." ihre Erzählung fort, mit einem klaren Ton, dabei so öffnend wie bloßstellende Tränen oder ein Ächzen aus Verzweiflung:

Im Alter von fünfzehn Jahren war ich noch ein kleines Mädchen, wie eine Puppe. Ich spielte mit anderen Kindern und hatte keine Ahnung vom Leben, geschweige denn vom Tod. Ich war schön, groß und dunkelhäutig. Meine Kopfhaare waren schwarz und fielen über meine Schultern wie ein Wasserfall. Ich war unschuldig wie alle anderen Kinder und war kein bisschen anders als sie ... bis zu dem Tag, an dem meine Familie entschied, mich mit einem Mann zu verheiraten, einem Mann, den ich in meinem Leben nie zuvor gesehen hatte ... Ich wehrte mich, litt und weigerte mich eine ganze Woche lang zu essen und zu trinken. Doch all meine Protestversuche waren vergeblich – das Vorhaben meiner Familie kam zustande ... In dieser Phase verwandelten sich die Menschen in meinen Augen in furchterregende Blumen, deren Anblick ich hasste!

An jenen Tag kann ich mich sehr gut erinnern. Es war schon später Nachmittag, an dem die scheue Sonne ihre Strahlen von den Dächern der heruntergekommenen Häuser zurückzog, als würde sie eine Konfrontation meiden wollen oder sich für die aktuelle Lage im Orient schämen, die sie jeden Morgen mit ihren Strahlen sichtbar machte. Jener Orient, der dem heiligen Ritual der Sonne kaum Respekt oder Beachtung schenkt. Ein Orient, der sich für seine Missetaten und Fehler nicht verantwortlich machen möchte, auch nicht für die gesellschaftliche Rückentwicklung, die das Elend begünstigt und über Tyrannei und Ausbeutung hinausgeht. Der Segen, den ihm die großartige Sonne schenkt, wird nicht wahrgenommen. Und nun bündelte sie ihre Strahlen langsam zurück, enttäuscht von der Missachtung ihrer bedingungslosen Gabe an diese Länder und seine Gesellschaften!

Zu jener Tageszeit war meine Mutter mit ihrer täglichen Arbeit fertig geworden. Sie backte die ganze Teigmenge, die den Aluminiumtopf füllte. Der Backofen, gebaut aus Schlamm, ging langsam aus und man konnte den Duft des verteilten frischen Brots auf der Backoberfläche aus weiter Entfernung riechen, mit dem Drang, es gleich zu verschlingen. Aufgrund der Hitze des Wetters und des angezündeten Backofens liefen die Schweißtropfen vom Gesicht meiner Mutter, ähnlich wie Fischschuppen. Bis eine mollige Frau unangekündigt bei uns aufkreuzte. Mit ihrer aufgesetzten Fröhlichkeit versuchte sie, so gut es ging, humorvoll zu erscheinen. Dabei wirkte sie eher wie die hochgepriesene moderne Kultur, ohne Werte und Ideale! Ihre weißen Backen waren so sehr mit schwarzem Öl befleckt, dass sie kaum zu erkennen waren. Ich konnte sie deutlich hören, als sie sich meiner Mutter näherte und ihr mit einer Derbheit ihre Frage stellte. Sie nahm keine Rücksicht auf mich, als ich zufällig in ihrer Nähe war. Als würde sie dabei den Spruch verkörpern, der sagt: „Die Haarsträhne einer kraftvollen Frau kann mehr als zweihundert Stiere ziehen!" So habe ich sie gesehen, als ich mitbekam, wie sie ganz unbefangen meiner Mutter zuflüsterte, dass sie mich mit ihrem verwitweten Sohn verheiraten möchte, dessen Frau vor nicht allzu langer Zeit in jungem Alter verstorben ist. Seine Mutter plante einen Ersatz der toten durch eine lebendige Frau!

In diesem Augenblick glaubte ich meinen Ohren nicht. Ich konnte das, was um mich herum geschah, nicht mehr verstehen. Die Worte dieser fetten, verfluchten Frau mit ihren kranken Merkmalen waren herb, bestimmend und rücksichtslos. Binnen Sekunden sagte sie, was sie sagen wollte, und ging davon mit einem breiten, aber falschen und von Unschuld befreiten Lächeln, das mir wie eine Drohung vorkam. Ich ahnte, dass etwas Übles passieren wird. Die Erde unter mir fühlte sich bebend an. Ich zitterte im ganzen Körper und hatte keine Kraft zu stehen, ich konnte nicht Stand halten, denn es war schwindelerregend. Ich war am Boden zerstört, weinte und schluchzte über die bittere Zukunft, die mich erwarten würde. Ich sagte kein Wort, bis die Frau aus unserem Haus verschwand und die Tür hinter sich zuknallte, wohl wissend, dass sie eine Leiche bei uns hinterließ, und ohne uns eines Blickes zu würdigen ...

•••

Vor dieser Zeit hatte ich einfache, naive Wünsche. Heute blicke ich auf diese Wünsche zurück und kann nicht glauben, dass ich von ihnen überzeugt gewesen bin. Wenn ich sie manchmal in Erinnerung rufe, scheinen sie mir sonderbar und unrealistisch zu sein. Mein Traum war es, berühmt zu sein, eine angesehene Person mit besonderer Stellung im Leben, auf die die Menschen zeigen und sagen: Das ist N.N. Meinen Weg wollte ich mir selber ausmalen. Ich sehnte mich danach meine Freiheit auszuleben, mich mit der Liebe meines Lebens zu vermählen und meine Kinder nach Tugenden und Prinzipien zu erziehen ... Doch unsere Träume kollidieren mit der von sozialen und gesellschaftlichen Plagen verseuchten orientalischen Welt. Ein korruptes Konstrukt aus Abschaum!

Verwundet schrie sie innerlich um Hilfe und erzählte weiter in einer Art, die zu spüren gab, dass sie durch ihre Offenbarung ihren Zwiespalt zum Ausdruck bringen wollte:

Mir ist bewusst, dass es viele Unglückliche wie mich gibt, die sich über ihr Missglück beklagen, weil sie in diesem höllischen Zeitalter geboren sind, in dem die Werte verloren gegangen sind und die Moral gefallen ist. Die Normen sind vermischt und zu einer Art Illusion oder etwas Unglaubhaftem geworden. Jeder singt sein eigenes Lied. Die Menschen leben nach den Regeln einer prähistorischen Zeit und kümmern sich nur noch um ihre Mägen und Gelüste!

...

Der Einfluss meines Bruders Kadhem auf mein Leben war groß, weshalb ich entschlossen bin, von ihm und seinem Leben zu erzählen, bevor ich mit den Einzelheiten meiner eigenen Geschichte weiter erzähle:

Nachdem mein Bruder und seine Frau Makboola in ihr eigenes Zuhause eingezogen waren, hat diese im Laufe der Zeit die Gewohnheit entwickelt, alles in doppelter Menge zu kaufen. Nach diesem Prinzip wuchs auch die eigene Familie um eine Person pro Jahr. Zu sehen sind in ihrem Haus zwei Fernseher, zwei Kühlschränke, zwei Kochherde, zwei Klimaanlagen und viele weitere Hausaccessoires, die weiß der Teufel in welcher Menge vorhanden und mit welchem Wert zu schätzen sind. Ihre Gewohnheit hat sich in Gier verwandelt, ihre Aggressivität drückte sie mit leerem Gerede aus, und das ununterbrochen. Unter den Frauen sticht ihre Fähigkeit sicherlich heraus. Sie konnte vierundzwanzig Stunden am Tag ununterbrochen sprechen, eine unglaublich raffinierte Frau, die Makboola!

Total verliebt erzählte Kadhem: „Sie kümmert sich um uns, als wären wir Wasser auf einem Blech, bei dem sie verhindert, dass es runtertropft, auch wenn es ihr schwerfällt, das Gleichgewicht zu bewahren!"

Mein Bruder heiratete sie ohne die Zustimmung ihrer Familie. Kurz nachdem ein Zufall die beiden im Nasirya – Südirak - zusammenbrachte, entschloss sich Makboola mit ihm zu fliehen. Ich kann mich sehr gut an diesen Tag erinnern, als sie mit ein paar Kleidungsstücken an ihrem Leib zu uns kam. Sie wohnte bei uns in Bagdad. Da die beiden zu der Zeit noch nicht verheiratet waren, bestand meine Mutter darauf, dass Makboola in ihrem Zimmer schlief. Makboolas Familie drohte damit, uns zu töten, falls ihre Tochter nicht schnellstmöglich zu ihnen zurückkehrte. Mit seiner überheblichen Art weigerte sich mein Bruder, der Forderung nachzukommen. Er sagte: „Ich werde sie heiraten. Die Zustimmung der Familie ist mir nicht wichtig."

In einer ungewöhnlich dunklen Nacht tauchte ihre Familie mit einer Gruppe von Männern vor unserer Haustür auf. Wie Soldaten marschierten sie in das Haus herein, sie invadierten es, schrien, drohten mit Rache und waren bereit alles zu tun, wenn es hart auf hart käme. Meine Mutter schlich sich zu unseren Nachbarn und bat um Hilfe und Unterstützung, nicht wissend, was jene Nacht an düsteren Ereignissen verbirgt. Damals war ich noch ein kleines Kind, in Angst und Schrecken versetzt. Meine Mutter war in dem Moment von einer Sorge überwältigt, die ihr Herz zerschmetterte. Sie wusste nicht, wie sie handeln sollte. Die Situation deutete darauf hin, dass etwas Schlimmes passieren wird. Mein Bruder Said, der jünger ist als Kadhem, war damals in der Pubertät, aber er bot ihnen die Stirn wie ein Löwe, als würde er seine Höhle verteidigen. Für seinen Charakter war er bekannt, aggressiv, stur und stark, er fürchtete sich vor niemandem, außer vor Gott, dem Schöpfer. In diesem schwierigen Moment kam meine Mutter herein, begleitet von unseren Nachbarn und ihrem Schwager, der für sein attraktives Gesicht bekannt war. Bevor ich aber erzähle, wie sich die

Situation mit Kadhem und der Familie seiner Frau entwickelte, möchte ich nicht vergessen, die Verbindung zu unserem Nachbar hervorzuheben. Mit ihm verband unsere Familie ein besonderes Verhältnis. Eines Tages fuhr der Nachbar, ohne Absicht, mit seinem Auto, einem Toyota Pickup, in unseren Zaun. Dieser Vorfall sorgte fast für einen gewaltvollen Streit zwischen uns und diesem Nachbarn, aber zum Glück konnten sich alle zurückhalten ... Außer die Nachbarstochter Magda, die mit ihrer männlich-maskulinen Art weiter für Wirbel sorgte. Sie stellte sich in die Mitte und sagte:

„Wir können euch nicht mehr dulden, eure Anwesenheit unter uns ist eine Schande!"

Hintergrund für ihre Aussage ist die Verschiedenheit ihrer von unserer Religion. Aber ihr Vater stellte sich ihr in den Weg und fauchte sie wütend und entsetzt an. Sein Zorn trieb ihn dazu, sie mitten in ihr Gesicht zu schlagen, und das vor den Augen der Menschenmenge, die nichts anderes zu tun hatte, als sich über dieses einzigartige Ereignis zu amüsieren. Er zog an ihrem Kleid und zwang sie in das Haus hinein. Schließlich entschuldigte er sich bei uns und versprach, die Kosten der Reparatur des Zauns zu übernehmen. Mein Bruder lehnte sein Angebot ab und führte die Reparatur selbst durch, mit einer Ruhe wie der eines erfahrenen Politikers. Unser Nachbar, abu Majed, war ein bescheidener, aber fairer Mann. Er beleidigte seine Tochter und schlug sie vor den Augen aller, weil sie uns gegenüber unhöflich war, als sie sagte: „Wir haben euch lange genug ertragen müssen, und die Zeit ist gekommen, einen Strich unter die Rechnung zu ziehen."

Was Majda, die Tochter gesagt hat, hat dem Vater nicht gefallen, denn er weiß, dass Religion in erster Linie eine gute Moral bedeutet. Und wir haben als Nachbarn über die Jahre eine gute, tadellose Moral gezeigt, die unsere Religion als aufrichtig und friedlich, aber auch menschlich und barmherzig zeigte. Weil ihm das bewusst war, zwang er seine Tochter zurück in das Haus und sperrte sie ein. Man hörte, wie sie mit voller Wucht die Tür mit ihren Füßen trat und dann auf den Boden stampfte. All das hat den Vater nicht provoziert, nicht einmal ein Wimpernzucken bewirkt. Er sagte der anwesenden Menge:

„Diese Familie respektiere ich sehr. Sie sind Iraker wie wir, sie haben Rechte und Pflichten. Religion ist gewiss kein Grund, die Menschen zu spalten. Vielmehr sollten die zwischenmenschlichen Beziehungen durch Taten, Gottesfurcht und gutes Benehmen definiert werden. Und ich kann nur bestätigen, dass diese Familie gottesfürchtig ist. Der verstorbene Ehemann abu Kadhem war ein sehr gläubiger Mensch, der gebetet und gefastet hat. Abu Kadhem, Gott hab ihn selig, war ein guter Mann, der sowohl von Nahestehenden als auch von Fremden geachtet wurde." Mitgerissen und authentisch sagte er: „Wer dieser Familie auch nur mit einem Wassertropfen Schaden zufügt, wird es mit seinem Blut ausgleichen müssen. Und ihr wisst, wozu ich, abu Majed, in der Lage bin. Habt ihr mich verstanden?"

Gott segne abu Majed. Die Worte aus seinem Mund waren geschmeidig wie Butter, als er vor der versammelten Menschenmenge predigte und so mitgenommen war, dass er sich selbst vergaß. Er zeigte dabei Stolz und Nächstenliebe. Manche Dinge im Leben können nicht mit Worten erfasst werden. Und die Haltung von abu Majed uns gegenüber gehört dazu. Seine Gefühle waren echt und leidenschaftlich und sind im richtigen Moment herausgekommen. Gefühle, die möglicherweise für einen gewöhnlichen Menschen nicht erträglich gewesen wären!

Und nun zurück zu dem Punkt, den ich zu Beginn angesprochen hatte. Am Anfang konnte sich die Familie von Makboola, meiner Schwägerin, nicht auf eine für sie vertretbare Lösung mit uns einigen, denn mein Bruder Kadhem bestand darauf, ihre Tochter zu heiraten. Er hatte nicht die Absicht, die Familie zu verletzen. Er und Makboola gehören derselben Religion an und er wollte sie heiraten. In dem Moment intervenierte unser Nachbar, abu Majed, und sagte:

„Meine Herrschaften, bitte erlauben Sie mir, als die älteste Person hier im Raum, meine Meinung offen zu äußern. Ihr seid eine große Familie, denn ihr habt dieselbe Religion, und dieser Mann" – er meinte meinen Bruder – „möchte euch kein Leid zufügen."

Er sagte dies mit Wut in seinen Augen, als er Makboolas Familie anblickte.

„Also dürfte es für eure ablehnende Haltung gegenüber der Vermählung der beiden eigentlich keinen Grund geben."

Um mehr Einfluss zu nehmen, hob er seine Stimme an. Er wusste, was er tat. Denn er war häufig bei Familienversammlungen zur Schlichtung von Streitigkeiten beteiligt. Seine tiefe Stimme hat in solchen Situationen Gewicht, und sein Auftreten hinterlässt eine Spur von Achtung und Furcht. Und genau dies wollte abu Majed erreichen, nämlich, dass Makboolas Familie durch diesen Einfluss der Vermählung zustimmt. Mit einer angenehmen Gelassenheit fuhr er fort:

„Ich verstehe nicht, warum ihr dagegen seid."

Er sprach mit erhobenem Haupt und strahlte in seiner dunkelblauen, beduinischen Kleidung während seiner ganzen Rede Stärke aus. Der Schall seiner Worte war imposant und führte schließlich zu dem Ergebnis, das sich Kadhem herzlichst gewünscht hatte. Makboola hatte sich in dem Zimmer meiner Mutter versteckt, unter einem Tisch, auf dem unsere Bettwäsche gestaut war. Schweißgebadet hoffte sie auf ein glückliches Ende für ihr Elend. Die Männer, unterschiedlich groß, erhoben sich. Salam, ihr Bruder, war der unangenehmste und hartnäckigste unter den Anwesenden. Er hatte geschrien wie ein Wahnsinniger, so dass die anderen die Sorge hatten, sein Gesäß würde auseinanderdriften, wenn er nicht bald mit seinem Ton runterging. Rücksichtslos beschimpfte er unsere Familie und drohte uns. Er war für seine Eigenart bekannt, zog Einsamkeit und Isolation vor Nahrung, meidete Menschen und hatte keine Freunde. Seinen Universitätsabschluss in Architektur hatte er hervorragend abgeschlossen, aber dem wahren Leben war er nicht gewachsen. Möglicherweise spielten die Taten seiner Mutter dabei eine Rolle beziehungsweise das, was er über ihren Ruf mitbekommen hatte. Ich denke, dies hat dazu beigetragen, dass er sich von allem Schönen, und seien es nur Blumen, distanzierte. Würde er eine Blume sehen, so würden folgende Gedanken auftauchen: Diese Blume ist nutzlos, man kann sie nicht einmal verzehren! Er zog es vor, mit seinem Auto, einem Toyota „Korona", das er auch als Taxi verwendete, in den Straßen von Bagdad herumzufahren und dabei sein Leben, seine Familie und sein Studium zu verfluchen. Von seinem Studium hatte er nichts weiter als Armut und Elend erlangt, er hatte sich viel Mühe gegeben, um eine Arbeit zu finden, die seinem Abschluss „Bachelor of Arts in Architektur" entsprach, aber ohne Erfolg.

Makboola´s Familie sah sich gezwungen, die Hochzeit innerhalb einer Woche in ihrer Stadt stattfinden zu lassen. Ihre Bedingung war jedoch, Makboola solange bei sich zu behalten. Mein Bruder weigerte sich vehement und sagte:

„Wenn es sein muss, verlasse ich das Haus, und unser Nachbar abu Majed und sein Schwiegersohn werden dafür Sorge tragen, dass eurer Tochter nichts zustößt. Ich werde das Haus nicht betreten bis zu dem Tag unserer Reise nach Nasirya, an dem unsere Hochzeit stattfindet."

Mein Bruder war raffiniert. Er konnte sie von seinem Vorschlag überzeugen. Makboolas Familie willigte ein, ging raus, ohne den Tee zu trinken, in dem der Zucker sich in den Tassen kristallförmig absetzte, nach dem der Tee kalt geworden war.

Am sechsten Tag bereiteten sich mein Bruder, Makboola, meine Mutter und mein Bruder Said auf die Reise nach Nasirya vor, um die Ehe zu schließen. Als sie sich in Richtung Haustür bewegten, um das Taxi zur zentralen Zugstation in Bagdad zu nehmen, rannte Makboola hinterher und sagte:

„Wartet! Geht nicht hin! Sie haben gerade bei uns angerufen, um zu sagen, dass sie auf dem Weg hierher sind. Die Hochzeit soll hier stattfinden, in Bagdad ...“

Mein Bruder war außer sich vor Freude, er tanzte auf der Straße, hob meine Mutter in die Luft. Ihm war nicht bewusst, was er tat. Meine Mutter schrie ihn an, während sie immer noch in der Luft hing:

„Lass mich runter, Junge! Na komm schon! Ich sagte, lass mich runter, was werden die Menschen über mich sagen? Du hast mein Ansehen in den Sand gesteckt! Runter ...“

Kadhem hatte erreicht, was er sich wünschte, nämlich Makboola zu heiraten. Aber das Leben meiner Familie wurde auf den Kopf gestellt. Denn sobald die beiden geheiratet hatten, entschied sich Makboolas Familie, bestehend aus der Mutter und ihren drei Töchtern, sich in unserem bescheidenen Haus heimisch zu machen, mit Ausnahme ihres Sohnes, Salam. Er weigerte sich als einziger. Stattdessen fuhr er mit seinem Auto überall herum, um sein Brot zu verdienen. Sein Abschluss blieb unberührt an der Wand des Zimmers hängen, das er sich zur Miete genommen hatte. Er wollte sich wie gewöhnlich abschotten und blieb trotz seines fortgeschrittenen Alters unverheiratet. Salam hatte einen dichten Oberlippenbart und sah aus wie ein Zivilpolizist. Seine Haare waren lockig, seine Augen klein und strahlten Misstrauen und Angst aus. Er war schmal und groß, sein Rücken war etwas gekrümmt, er sah aus wie der Stock eines Baumwollfluffers ...

•••

4

Einerseits kann ich die Gründe für die Tat, die meine Familie beging, verstehen. Aber diese haben nichts mit mir zu tun. Der Auslöser für diese Tat war meine Schwester, die ein paar Jahre älter ist als ich, aber im Moment möchte ich nicht über sie sprechen, vielleicht erwähne ich sie später. Ich möchte lediglich von meinen eigenen Erinnerungen erzählen, besser gesagt, ich möchte, dass mein Leid die Öffentlichkeit erreicht und es zu einer Lektion machen, aus der die Menschen etwas lernen können.

Meine Familie hielt es nicht für nötig, mit mir über den vermeintlichen Ehemann zu sprechen. An jenem Tag, als die Abenddämmerung hereinbrach, spürte ich einen Druck in der Brust. Meine Vermutung hatte sich bestätigt, mir wurde schlecht und ich verlor mein Gleichgewicht. Ich konnte nichts um mich herum wahrnehmen. Wie kann ein Mensch an etwas denken, und diese Gedanken als reales Ereignis erleben, als wären sie die Gegenwart und nicht die Zukunft?! Für eine Weile dachte ich, dass die Achtsamkeit und Intuition der Menschen mit der Zeit nachgelassen haben. Insbesondere im Zuge der modernen Zeit und dem daraus resultierenden Mangel an Feinfühligkeit gegenüber Dingen, die vor allem aufgrund der Komplexität und Entwicklung der Strukturen und Bauten immer mehr in den Hintergrund geraten ist.

Was ich jedoch erlebt habe, kann ich mir nicht erklären. Wie konnte ich ein schlechtes Ereignis vorausahnen, das dann tatsächlich passierte! Ich wünschte, es hätte nie stattgefunden!

An jenem verfluchten Abend besuchten uns der vermeintliche zukünftige Ehemann, der ständig quasselte wie ein Star, und seine Mutter, die dauernd kicherte und lachte. Es vergingen keine Minuten, bis alle sich auf meine „Veräußerung" einigten, ohne mich einzubeziehen. Der Deal kam blitzschnell zustande!

Mein ältester Bruder Kadhem vollendete die Abmache mit folgendem Satz:

„Wir willigen bei dieser Eheschließung ein!"

Die Mutter des zukünftigen Ehemannes jubelte vor Freude. Ihr Gefühlsausbruch ekelte mich an. Sie konnte es nicht fassen, dass die Dinge solch einen schnellen Lauf nehmen würden und vor allem so reibungslos ...

• • •

Die Gründe, die meine Familie zu ihrer menschenverachtenden, schrecklichen Tat verleitet haben, kenne ich bereits. Aber wie ich eingangs erwähnt habe, hat es keinen direkten Bezug zu mir, sondern eher zu meiner älteren Schwester „S". Sie war mit einem Mann zusammen, der einer anderen Religion zugehörte und war mit ihm abgehauen. Das Problem ist, dass unsere Religion keine missionierende ist, d. h., ein Bei- oder Austritt aus dieser Religion ist verboten. Mit ihrer Tat hat meine Schwester eine unverzeihliche und unannehmbare Schande über die Familie gebracht. Und deshalb wurde sie von der Familie ausgestoßen, und dies soll so bleiben – bis zum Tag des Jüngsten Gerichts. Seit dem schottete sich meine Familie von allen ab, um Vorwürfe und verletzende Worte von ihren Mitmenschen zu vermeiden. Und nun bekamen sie die Gelegenheit, ihre zweite Tochter loszuwerden, bevor sie denselben Weg beschreitet, den ihre Schwester genommen hat. Diese Angst, die sich in meiner Familie verankert hatte, war der Auslöser für diese unannehmbare Tat, obwohl ich nichts getan habe, was die Würde meiner Familie hätte verletzen können. Damit schildere ich nichts als die ungeschminkte Wahrheit, und dafür schwöre ich auf Gott!

N.N. hatte dem Leben viel Vertrauen geschenkt. Sie war wie ein Bergfink und hatte den Eifer eines Künstlers gegenüber seinen Werken. Gleichzeitig war sie extrem sensibel und verletzlich wie ein Bettler gegenüber den Reichen. Sie war zart wie eine Brise. Wenn sie gereizt war, erstickte sie in ihren eigenen Worten. Sie war gutmütig wie eine Heilige, naiv wie ein Kind und barmherzig wie eine Mutter.

Beständig versuchte sie, etwas aus sich zu machen, doch nicht jeder Wunsch wird zur Realität. Das Schicksal hat die Oberhand. So frei der Wille eines Menschen sein mag, wird er durch tausende Hindernisse eingeschränkt, beginnend mit Bräuchen und endend bei der Tradition. Meistens sind diese Hindernisse Ketten aus Stahl, die von den Menschen selbst erschaffen werden, um damit die Schwester oder den Bruder festzubinden. Sie werden im Namen der Religion und Moral ausgeführt, während heimlich das Gegenteil getan wird. Leider vergisst die Gesellschaft beim Begehen dieser Sünden nicht nur ihre Umgebung und die Mitmenschen, sondern auch Gott, der über ihren Köpfen steht!

Die Zukunft ist existent und ganz deutlich zu sehen, so deutlich wie unsere Hände, aber unsere Ignoranz hindert uns daran, es rechtzeitig zu erkennen. Denn würden wir einen hypnotisierten Menschen auffordern, uns Einzelheiten über seinen Zustand in den nächsten Tagen oder Monaten zu erzählen, würde dieser Mensch Details preisgeben, die womöglich kaum zu glauben sind. Sie werden real, als hätte dieser das Erzählte tatsächlich räumlich und zeitlich erlebt.

Die berühmte Schauspielerin „ Irene Mosa" konnte unter Hypnosewirkung vorausahnen, dass ihr Leben in schrecklicher Weise enden wird. Ihre Mutmaßung wurde zur Realität. Durch einen Brand starb sie wenige Monate später! Mit Zuversicht können wir also behaupten, dass wir die Zukunft voraussehen können, und es ist für jeden von uns möglich, vorausgesetzt, die Zeit bringt uns schneller dahin, als wir es gewohnt sind. Die Zukunft besteht, weil sie das Ziel und zugleich das Ergebnis darstellt. Allerdings hindert uns unser Gedächtnis daran, dies zu erkennen. Die beste Lösung wäre also zu vergessen, um unsere geplanten Ziele zu erreichen. Die Fähigkeit zu vergessen ist eine grundlegende Voraussetzung des Spiels im Leben, um weiterhin existieren und fortbestehen zu können. Wer sich dagegen wehrt, wird mit höchster Wahrscheinlichkeit als Opfer fortbestehen!

5

Ehrfurcht kommt nicht von dem, was wir kennen, sondern von dem, was wir nicht kennen!

Weder mit Überheblichkeit noch mit Rebellion konnte ich gewinnen. Meine Seele war wie ein abgestumpfter Esel, als meine Verlobung und danach meine Hochzeit mit der Person stattgefunden hatte, die das Schicksal in meinen Weg geworfen hat. Es ist die Person, der ich die Zerstörung meiner Menschlichkeit zu verdanken habe. Was um mich herum geschehen war, konnte ich nicht realisieren ... Ich habe gegenüber diesem fremden Mann, der plötzlich mein Ehemann war, weder Emotionen noch Gefühle gehabt. Im Gegenteil: Ich habe tödlichen Hass empfunden. Mein Hass war berechtigt, denn er hatte mich noch in der ersten Nacht unserer Ehe auf dem nackten Boden des trüben und düsteren Zimmers vergewaltigt. Ein Zimmer, das nicht ein einziges Möbelstück schmückte. Als wäre es üblich gewesen, ein Mädchen meines Alters mit einem Mann zu verheiraten, der sich für nichts außer Alkohol und Frauen interessierte. Das Zimmer war so leer, dass mein Jammern in beständigen Echos zu meinem Herzen zurückhallte und dessen Wunden vertiefte.

Während ich geschrien habe und mich zu wehren versuchte, und während er mich trotzdem überwältigte, hörte seine Familie nebenan alles mit und jubelte freudevoll, als ihr Sohn den Akt vollbrachte.

Keiner hat ihn jemals zur Rechenschaft gezogen, nicht einmal Gott.

Plötzlich fühlte sich der Boden unter mir locker und brüchig an, weicher als eine Wasserwelle!

· · ·

Vor der Ehe war ihr Leben ziemlich friedlich und ruhig. Für ihre Mitmenschen war sie fast unsichtbar, keiner interessierte sich für sie. Sie war wie ein Wald, der im Nebel nicht sichtbar ist, und sie wurde zu einem sufistischen Klang, der sich rasant zu einem hasserfüllten Fluch verwandelte und in einen Drang zu töten, einen Drang, der Seelen tötet, um die Vergangenheit zu verdrängen und vor ihr zu flüchten ... Ihre Schreie waren nicht hörbar, sie waren wie rasselndes Geheule, ein melodisches Schluchzen, das die Seele ausbluten und das Herz mit endlosen Schmerzen schmelzen lässt. Ihre Schreie klangen wie die eines Pfaus, der mit seinem ganzen Herzen und enormer Kraft schreit ...

N.N. verlor den Sinn für das Leben, sie wurde vergesslich und kraftlos. Und war gelähmt von Traurigkeit und erschüttert von Kummer. Ihr Leben war wie ein totes, aber im Stillen schlummerndes, stürmisches Meer.

Von der ersten Nacht der Ehe an, hat sich das Leben von N.N. komplett verändert! Ihre Hochzeit war alles andere als gewöhnlich! Es waren eine Menge Jubel und Zurufe zu hören, die nicht von Bedeutung waren. N.N. hatte sich nicht wie eine gefeierte Braut gefühlt. Mit schmerzerfüllten, tiefgründigen Worten – wie ein sterbender Dichter – erzählte sie:

„Ich hatte das Gefühl, meine Familie hat mir all das mit Absicht angetan. Ich bin sogar mit meinen Gedanken weitergegangen, und ich hatte Recht. Meine Familie wollte mich zweifellos schnellstmöglich loswerden, und am besten ohne Lärm! Die Murmeleien und die Andeutungen meiner Brüder waren laut genug, sie hatten nicht die Absicht, eine richtige Hochzeitsfeier zu veranstalten. Denn die Flucht von meiner Schwester mit einem Mann aus einer anderen Religion war wie ein Messerstich, der sie überallhin verfolgte. Dieser war Grund genug für das, was sie mir angetan haben. Die Eheschließung meiner Schwester auf diese Weise ist für unsere verschlossene Gesellschaft ein unverzeihliches Verbrechen, dessen Spur langfristig unter uns gelebt hat. Es teilte mit uns unseren Schlaf, das Essen und Trinken. Seitdem ist das Leben meiner Familie düster geworden, unser Zuhause hatte keinen Platz mehr für ein Lächeln oder Lachen, und meine Mutter weinte unaufhörlich. Mein Vater weinte ebenfalls aufgrund der beschämenden Tat seiner Tochter. Er sperrte sich für lange Zeit zuhause ein, wie ein Gefangener, er hatte kaum Kontakt zu jemandem, bis er kurz nach ihrer Flucht mit diesem andersgläubigen Mann, den sie später geheiratet hat, ohne Rücksicht auf die Sitten und Gebräuche der Familie und der Gesellschaft, starb. All das führte dazu, dass meine Familie mich in der Art behandelt hat. Sie hatten vergessen, dass ich ein menschliches Lebewesen bin, welches am Ende ihrer Kindheit steht, die ich nicht ausleben durfte, ohne auch nur das Geringste verbrochen zu haben!

Meine Situation erinnert mich an die allgemeine Strafe Gottes an denjenigen, die eine Sünde begehen. Mit ihrer Sünde ziehen sie alle anderen in die Strafe mit ein. Sie werden alle unter der Erde begraben oder durch die Sintflut ertrunken, ohne Erbarmen!

6

Enttäuschung ist eine stille Spinne.

Im selben verdammten Jahr habe ich alle Eigenschaften gesehen, die für eine Frau ausreichend sind, um ihren Ehemann zu verachten, so sehr, dass sie ihn am liebsten keine weitere Sekunde mehr sehen möchte …

Ihr Ehemann, genannt „S.", war für sein aggressives, spöttisches und verantwortungsloses Verhalten bekannt. Er war lang wie eine Peitsche und dünn wie ein Nagel. Sein Gesicht war glattrasiert und so weich wie das Gesicht einer Frau. Seine Arroganz war durch und durch kriminell, er war eine anstrengende Person, mit der ein Zusammenleben unmöglich war. Denn er war verdorben im wahrsten Sinne des Wortes. Seine Hand wie seine Zunge kannten keinen Unterschied zwischen dem Guten und dem Bösen, ständig hing er am Alkohol und hörte nie auf, Frauen hinterher zu jagen, sei es heimlich oder vor aller Augen …

So blieb es, bis er N.N. eines Tages für längere Zeit bei ihrer Familie absetzte, denn er hegte die Absicht, eine andere Frau zu heiraten!

Nun werde ich etwas über meinen Mann erzählen, ihn so realitätsnah wie möglich beschreiben. Ich kann behaupten, dass seine Familie so groß ist wie ein Clan. Er ist in Bagdad geboren und hat sieben Geschwister. Sein Kopf ist gewaltig wie der eines Stiers und sein Gehirn, wo ein wenig Verstand zu spüren ist, klein wie der eines Spatzes. Wenn es aber darum ging Böses anzurichten, war er das klügste Lebewesen auf Erden, denn Emotionen fanden keinen Weg zu ihm! ... Sein Kopf ist mit einem Klumpen ungepflegter Haare bedeckt, seine Wangen sind geschwollen und leblos. Die Augen sind von dunklen Ringen umrandet, als wären sie mit einer Rußschicht bedeckt worden. Je geschwollener sein Gesicht war, desto dunkler wurden die Ringe. Trotz seiner Kopfgröße hatte er einen schlanken Körper. Und das ist das Erstaunliche daran! Wie kann der liebe Gott das Gehirn eines kleinen Vogels in einem Menschenkopf erschaffen? Auf seiner Haut war nicht ein einziges Haar zu sehen, sie war glatt wie Schlangenhaut. Er war furchteinflößend wie die Leere der Nacht. Als er ein Kind war, trat er mit der Ferse auf eine Wandnadel und seitdem hinkt er ein wenig. Sein Zustand der Trunkenheit war daran zu erkennen, dass er freudevoll sang. Seinen Humor definierte er durch sein Gebrülle, das von beleidigenden Worten erfüllt war. Mit einer böswilligen Beharrlichkeit beendete er sein Theater mit vulgären Worten, die einen zum Schwitzen brachten. Aber seine Worte betrachtete er selbst als das Sahnehäubchen einer Unterhaltung! Wenn er dann endlich zum Ende seiner Reden und seines Gesangs kam, und wenn seine Stimme dann heiser wurde, erteilte er seine Befehle ohne jegliche Schamgefühle. In einer launischen Art pflegte er zu sagen:

„Husch Husch Husch! ...“

und fügte unter dem Einfluss des Alkohols euphorisch hinzu:

„Ksch Sch Sch! ...“

In einer merkwürdigen, furchteinflößenden Art und einem Schnaufen sprach er zu Gott:

„Lieber Gott! Beschere mich mit deinem Verstand und verwandle mich in Lammfleisch, das von allen begehrt ist ...“

Dann wurde er still und schlief ein, als wären seine eingeübten Worte alles, was er sagen konnte. Seine Sitzposition behielt er bei, bis sein Kopf auf seine Brust fiel und seine Kopfhaare seine Schulter bedeckten. Wer ihn zu dieser Stunde aus seinem berauschten Totenschlaf aufweckte, durfte mit seinem Zorn rechnen.

Sogar Dämonen blieben von diesem dreckigen Teufel, der in Armut und Not aufwuchs, nicht verschont. Seit seiner Kindheit hat er sich schlimme Gewohnheiten angeeignet, die ähnlich wie sein Körpergewicht mit ihm groß wurden. Eine der Schlimmsten ist, auf illegale Weise Geld anzuhäufen. Bereits mitten in seinen Zwanziger Jahren sah er aus wie fünfzig. Dieser Affensohn hatte noch nie in einem eigenen Wohnraum gewohnt, sondern wanderte als Mieter von einer Wohnung zur anderen und von einem Viertel zum nächsten, und von einem Zimmer mit Dachterrasse zu einem Zimmer im Untergeschoss. Und so zog er seine Familie mit sich herum wie seinen Schatten in all seinen dauernden, endlosen Umzügen. Die ständigen Umzüge erzeugten Frust bei unseren Kindern, so dass sie in ihrer schulischen Bildung nicht vorankommen konnten. Mein ältester Sohn sah sich gezwungen, die Schule ziemlich früh abzubrechen. Das hat meinen Mann kaum gestört. Je mehr Leute er kannte, desto mehr häuften sich Schulden. Durch die neuen Schulden hat er alte Schulden beglichen, weil die alten Gläubiger ihm mit einer Haftstrafe drohten. Und so ging es unermüdlich weiter mit dem Schuldenberg, ohne dass mein Mann jemals ein Hauch von Scham zeigte ... Er arbeitete als Fahrer für das Militär, transportierte militärische Kriegsausrüstungen, die den Tod vieler junger Menschen herbeiführten. Wenn er und mein Bruder Kadhem sich trafen, verloren sie sich in ihrer Trunkenheit. Mein Bruder begrüßte ihn auf seine Art und schrie freudevoll:

„Wer ist da? Unser neuer Schwager! Verzeih mir lieber Gott, zeige mir lieber das Ende der Welt anstatt sein Gesicht!"

Sobald mein Bruder bemerkte, dass das Besäufnis mit meinem Mann den Anfang nahm, wurde sein Ton weicher, damit in dieser Nacht sogar auch der Teufel seine Unterhaltung bekommt! Nach einer Weile musste er sein Gedächtnis anstrengen, um meinen Mann zu erkennen, während er ihm roten Wein und Arak, den er aufgrund seiner Stärke als Höllenwasser bezeichnete, servierte. Seine Liebe zum Alkohol war so groß wie die Liebe zu seinen Kindern. Sobald er angetrunken war, begann er zu Lachen und zu Stottern und versank dann in seinem Rausch. Er liebte es, sich innerhalb kurzer Zeit in diesen Rauschzustand zu versetzen und weigerte sich langsamer zu trinken, ähnlich wie beim Rauchen. Er sagte:

„Ich möchte einfach nur vergessen!"

Während andere Menschen den Alkohol mit Genuss trinken, bleibt mein Bruder eher in der Zeit hängen, um Erinnerungen hervorzurufen, anstatt zu vergessen. Was würde einem Menschen übrigbleiben, wenn dieser sein Gedächtnis verliert und sich an nichts mehr erinnern kann? Nicht einmal an nahestehende Menschen. Verdammt! Das Ende der Welt wäre ein milderes Urteil! Hierzu fällt mir das Zitat des weltbekannten Schriftstellers Marquez ein: „Sobald ein Mensch sein Gedächtnis verliert, kann er als tot erklärt werden!"

In dem Fall gibt es keinen Unterschied zwischen Gedächtnis und Gewissen – wenn letzteres verschwindet, rottet der Mensch sich selbst aus. Und ein Orientalist mag nichts lieber als seinen geistigen und seelischen Tod zu erleben!

Nachdem mein Bruder seinen Spaß mit meinem Mann visualisierte, rief er freudevoll zu:

„Ich heiße unseren Gast herzlich willkommen! Wir sind gesegnet! Grüße dich mein engster vertrauter Schwager, fühl dich wie Zuhause!"

Bevor Kadhem sein Getränk runterschluckte, gurgelte er gerne laut, und erzeugte damit ein Geräusch, das dem Miauen einer verspielten Katze ähnelte. Er sagte:

„Hey „S", weißt du deine Hausnummer? Ich wette, du weißt es nicht!"

Überrascht und überrumpelt von der Frage meines Bruders, murmelte mein Mann mit einem misstrauischen Blick: Verdammt, er hat mich überwältigt, steckte sein Messer in meinen Rücken, zum Teufel mit ihm und seiner Schwester! Wie ein Irrer lachte er heimlich und murmelte wieder:

„Also ehrlich gesagt bin ich etwas verwundert. Warum ist dieser Kerl noch am Leben? Warum stirbt er nicht einfach? Worauf wartet er? Möchte er etwas erben?"

Lächelnd stützte er sich auf sein rechtes Bein, denn sein linkes bereitete ihm Schmerzen aufgrund des verfluchten Nagels, auf den er in seiner Kindheit getreten war. Durch seine Nachlässigkeit war damals eine Vergiftung entstanden. Biestig wie ein Monster aus einem Mythos führte er seinen Monolog fort:

„Er weiß doch, dass ich nichts außer den paar Arakflaschen besitze, die überall im Haus herumstehen. Was erwartet wohl dieser Zigeuner noch vom Leben? Er hat bereits mehr bekommen, als er sich wünscht. Zur Hölle mit ihm!"

Ich war mir sicher, dass dies die Art Gedanken waren, die er hegte, während er, der Abschaum in Person, über meinen ältesten Bruder murmelte. Und trotzdem hat er seine Gesellschaft gesucht, um sich mit ihm zu betrinken. So war das Wesen meines Mannes, und diese Beschreibung ist kein bisschen übertrieben.

• • •

Er war beschämend in allem, was er tat, nahezu kriminell! Als ich mich mit einem Leben in Demütigung abgefunden hatte, war mir damit nicht geholfen, denn mich zu beleidigen und zu schlagen war ein Genuss für ihn. Ich war nicht überrascht, als ich seine Affäre mit einer jüngeren Frau entlarvte! Und obwohl ich es willenlos hingenommen habe, lieferte er mich nun gnadenlos meiner Familie aus. Meine Seele war zerbrochen, ich fühlte mich wie eine nutzlose Sklavin, von deren Strafe wegen ihrer Sünde abgesehen wurde! Ja, genau auf diese Weise hat mich dieser anstandslose Mensch, der mir meinen Frieden geraubt hat, zu meiner Familie gebracht, an einem hellen Nachmittag, dem sich die Sonne noch nicht entzogen hatte. In einer noch nie zuvor ausgesprochenen Unverschämtheit rief er meiner Familie zu:

„Nehmt eure Tochter ... sie bringt mir keinen Nutzen mehr ...“

Anschließend ging er aus unserem Haus und knallte die Tür hinter sich zu, so dass die Wände zitterten. Aber das wahre Übel war die Reaktion meiner Brüder. Sie versammelten sich um mich herum und beäugten mich misstrauisch. Ihre Blicke waren wie Feuer, das in meiner Seele brannte. In einer demütigenden Art befragten sie mich:

„Gib es zu! Warum hat dich dein Mann unangekündigt bei uns hinterlassen? Was hast du angestellt?“

Und als ich schwieg, schrien sie mich an:

„Jetzt sag schon!“

Und je mehr ich mich in meinem zertrümmerten Selbst abkapselte, desto aggressiver wurden sie. Ich suchte das Schweigen, das ich innerlich als einen Aufschrei zu Gott interpretierte!! Als ich später mein Schweigen brach und ihnen die Wahrheit sagte, nämlich, dass mein Mann eine neue Frau kennengelernt hat und sie heiraten möchte, glaubten sie mir nicht. Sie bezeichneten mich als eine Lügnerin, die nicht weiß, wie sie sich klug zu verhalten habe! All das passierte mir als eine Frau, die sich dem männlichen Geschlecht im Orient unterwerfen muss! Denn sowohl die Religion als auch das Leben im Orient befürworten solch eine Haltung gegenüber der Frau!

Der Schmerz drang in das Herz der armseligen N.N. tief wie das Stampfen eines Fußes in einer Meereswelle ...

7

Wir brauchen uns keine Vorwürfe zu machen, denn im Nachhinein sind wir klüger,

Sie wollte fühlen, also sang sie!

Und nun trennte er sich von mir, der Zerstörer meines Friedens, aber nur, damit er freien Raum bekam für eine neue sexuelle Versuchung. Ihn interessierten weder die Sitten und Gebräuche unserer Gesellschaft noch seine Familie. Seine einzige Sorge war es, mit einer Frau zu verkehren, die er neulich kennengelernt hatte. Ich hatte es geahnt, ich spürte seine Untreue und kannte seine Denkweise. Doch mir waren die Hände gebunden und ich konnte die Realität, in der ich lebte, nicht ändern. Wie ich bereits sagte, ich war damals ein junges Mädchen und hatte meine Volljährigkeit noch nicht erreicht.

Nachdem er mich meiner Familie auslieferte, wie ein Hirte, der seine Kuh hinter sich her zieht, beschimpfte er mich mit vulgären Worten und schrie:

„Nehmt sie! Sie ist eure Tochter und ihr seid für sie verantwortlich!"

Seine Worte erdrosselten mich. Wahrlich strangulieren wäre für mich aber sicher milder gewesen als diese Worte zu hören, denn der Schmerz würde beim Strangulieren nur für ein paar Sekunden spürbar sein und dann wäre alles zu Ende! Aber die Art, wie er mich mit seinen Worten beschrieb, hinterließ in meinem Gedächtnis eine Spur, sie ist tief in meinem Herzen graviert, wie eine blutende Wunde, die bis heute nicht verheilt ist. Nichts konnte den Schmerz in meinem Herzen lindern, also blieben mir nur Geduld und der Glaube, dass der liebe Gott mir dadurch eine Botschaft senden möchte!

Niemals könnte ich diesen Tag vergessen ... Ich zog mich in einer Ecke im Wohnzimmer zurück, auf dem nackten Boden sitzend, ohne auch nur ein Wort zu sagen. Nur meine Atemzüge waren zu hören und mein Rasseln und Seufzen des bitteren Schmerzes in meiner Brust. Meine Seele fühlte sich dabei wie ein Tier an, das seine Beute frisst. Ich war komplett zertrümmert, ich existierte nur und konnte weder hören noch sehen ...

Was hätte ich tun können? Mir war meine Stellung unter meinen Leuten bewusst, nämlich eine machtlose, schwache Frau zu sein, entblößt von Weisheit und Glaube, wie sie bekanntlich behaupten!

8

Die Kraft mancher Blicke wird wie eine Steinigung empfunden.

Ich lebte als geschiedene Frau bei meiner Familie, mit gekränkter Seele und schwachem Zustand, ließ mich vom Karussell des Lebens treiben. Ich war wie ein Boot, dessen Segel im Meer gebrochen und vom Sturm mitgerissen und erschüttert worden war.

Die Blicke meiner Brüder waren wie Giftpfeile in meinen Körper gedrungen oder wie ein Komet aus dem All in die Erde. Sie machten mich für meine Scheidung verantwortlich, wohlwissend, dass es nicht nach meinem freien Willen geschah, ähnlich wie meine Zwangsvermählung zuvor.

Andauernd habe ich versucht, meine Stellung zu verteidigen und das Verhalten meines Peinigers vor Augen zu führen, aber keiner hörte mir zu, besser gesagt, keiner wollte überzeugt werden. Ich scheiterte und musste die härteste und bitterste Zeit meines Lebens über mich ergehen lassen, lebte als Ausgestoßene, als hätte ich eine unverzeihliche Sünde begangen. Außer meiner Mutter wollte keiner in meine Nähe kommen.

Die Angst, die sie vor meiner Nähe verspürten, gab mir häufig das Gefühl, mit Krätze infiziert worden zu sein. Dies löste bei mir Enttäuschung aus, Einsamkeit und Isolation, bis ich vom Leben müde war.

Ich habe kaum finanzielle Unterstützung von meinem Mann erhalten. Er hat mich wie ein nutzloses Möbelstück bei meiner Familie hinterlassen. Um dem harten Leben zu entkommen, habe ich das Schweigen und die Isolation gesucht, sie waren meine Schutzbegleiter durch meine Krise. Was mir zugestoßen ist, möchte ich als Albtraum bezeichnen, aus dem ich nicht aufwachen konnte. Es hat mich Tag und Nacht verfolgt. Ich war verloren in der Zeit und hatte keinen Bezug zu dem Menschen in mir, denn mein Exmann hat meine menschliche Seite auf eine brutale Art zunichte gemacht. Meine Mutter versuchte vergeblich, mich aus dieser Situation herauszuholen, aber meine unberechenbaren Reaktionen ihr gegenüber führten dazu, dass sie sich von mir abwendete. Wie sollte ich auch ausgeglichen reagieren können, wenn ich bereits seit meiner Kindheit mit psychischem Druck zu kämpfen hatte, und das vor dem Erreichen meines Erwachsenenalters!!

9

Wer den wahren Kern der Menschen kennt, dankt Gott für seine Einsamkeit und Isolation!

Fünf Monate später ließ er sich von seiner Neuen scheiden. Er entschuldigte sich für seine Tat bei mir und meiner Familie ...

Wieder kehrte ich zurück in das Zimmer der Hölle. Ich war froh, als ich es verließ, habe meine Freude inne gehalten. Aber die Freude in meinem Herzen starb wie auch die Träume aus meiner Pubertät, die ich nie wieder leben werde.

Das Haus seiner Familie war seltsam und düster. Mein Bemühen für eine Eingewöhnung war immer wieder gescheitert, denn es war eine Monsterhöhle, nichts war gewöhnlich und schon gar nicht die Personen, beginnend beim Vater und endend bei der jüngsten Person. Für ein Lächeln oder eine Unterhaltung, wie es einem sozialen Leben entspricht, war kein Platz in diesem Haus. Geschreie und Geheule sowie beschämende Schimpfwörter waren alles, was zu hören war …

Und wieder war ich am Ausgangspunkt angelangt, dem Zimmer, das ich verabscheute und hasste. Ich konnte den Anblick nicht ertragen und war trotzdem gezwungen zu bleiben, wie ein Kriegsgefangener, dessen Freiheit in der Hand seines Feindes ist. So hatte ich keine andere Wahl als mich zu ergeben und Folge zu leisten …

Mein Leben war vom Schicksal geführt, denn ich hatte nicht das Bedürfnis, es zu beeinflussen oder umzulenken! Wie könnte ich bei den tausend Fesseln, die mich festhielten, die Realität verändern?! Fesseln, die bei den Sitten und Gebräuchen beginnen und bei der Zwangsverheiratung durch die Familie enden. Dabei ist zu berücksichtigen, dass ich eine orientalische Frau bin, die von ihren Kräften entmachtet war.

Die Tage verliefen wie die eines Gefangenen in den Händen seiner Feinde, gezwungen Befehle auszuführen ohne sich weigern zu können. Ich hatte nicht die Kraft zu zögern, geschweige denn, mich zu wehren.

Mein Tag startete damit, den Bedürfnissen meines Mannes zu dienen. Beginnend beim Bekochen und Beputzen und endend in seinen festen Armen, während er mich in einer schmerzhaften, monströsen und tierischen Art küsste. Die Gelegenheit mich von ihm loszulösen ist kaum erwähnenswert. In einer hysterischen Weise nahm er sich, wonach er sich sehnte, und begnügte sich lediglich mit seiner alleinigen Befriedigung, während ich verwundet zurückblieb. Die Schmerzen, die er überall in meinem Körper hinterließ, verstärkten meinen Hass auf ihn und auf das Leben! Und wenn er abends nach Hause kam, wiederholte sich seine Tyrannei und damit sein täglicher unmenschlicher Umgang mit mir. Ich starrte danach meine Kinder an und weinte verzweifelt und angsterfüllt vor dem, was sich noch alles im elenden Leben mit meinem Mann ereignen würde.

10

Im Jahr des Elends bin ich mit meinem zweiten Kind schwanger geworden. Ich war im siebten Monat, als ich damals das Pubertätsalter überschritt, ich war nun neunzehn Jahre alt. Eines nachts hatte ich akute Bauchschmerzen. Ich bat ihn, mich in ein Krankenhaus zu bringen. Aber wie immer war er betrunken und konnte weder Leben noch den Tod wahrnehmen, er war starr wie ein Stein ...

Die Schmerzen begannen meine Eingeweide zu zerreißen und fühlten sich an wie die schmerzhaften Erlebnisse in meinem ehelichen Haus. Ich habe sie nicht ertragen, habe mir von ganzem Herzen den Tod gewünscht, aber Gott hat mir diesen Wunsch nicht erfüllt. Mein Flehen und meine Hilferufe wurden nicht erhört. Ich hörte das Schnarchen meines Mannes, der tief geschlafen hatte, während ich weinend geschrien habe. Ich habe kein klares Wort herausbringen können, als wäre ich längst an meinen eigenen Worten erstickt gewesen.

So blieb ich bis in die Morgenstunden, wie ein feuchtes Tuch, das nutzlos war. Ich stampfte mit dem Fuß auf den Boden, wie ein Vogel, der von einem unerfahrenen Schlächter geschlachtet wurde, tanzend vor Schmerzen, den Hals zwischen seinen Flügeln hängend, mit Blut überflutet.

11

Mit Einbruch der Morgendämmerung weckte ihn mein Geschrei auf, das über die ganze Nacht hindurch gegangen war. Er brachte mich endlich in ein Krankenhaus, nachdem ich ihn anflehte. Dort hat meine zweite Entbindung stattgefunden. Zwei Tage später starb mein Neugeborenes. Das Schicksal gönnte mir nicht einmal die Gelegenheit, dem Kind einen Namen zu geben!

Die Stunden waren voller Schmerzen und Elend, mit Leid behaftet, sie können nicht aus dem Gedächtnis gelöscht werden, es sei denn, wenn die Augen feurige Tränen vergießen!

Wie soll es mir anders gehen, wenn ich – eine naive Frau – schmerzvolle Traumata erlebt habe! Ich kämpfte mit allem, was mir in diesem Leben übrigblieb. Das einzige, was ich noch hatte, war mein kleines Kind. Es war das Wertvollste in meinem Leben, insbesondere nach dem Tod seines kleinen Bruders, der noch nicht einmal das Licht hatte erblicken können ...

Mein Mann stand vor mir und wischte sich mit der Hand seinen Schweiß aus der Stirn. Er gab mir ein kaltes Lächeln, als wäre er schadenfroh gewesen. Mit einem strengen Ton sagte er:

„Wir werden einen anderen bekommen ...“

Dann ging er davon und ließ mich mit meinen Schmerzen zurück, als wäre nichts passiert.

12

Mein Schwiegervater, „H“, war arrogant, ein Sohn des Teufels, ähnlich wie sein eigener – mein Ehemann. Sie ähnelten sich in vielen Dingen, wie ein Wassertropfen, der sich in zwei Hälften teilt. Über das Gute werde ich nicht sprechen, denn es existiert nicht in ihnen. Sie sind nicht annähernd gutmütig. Jedes Mal, wenn mein arroganter Schwiegervater mit seinen schweren Schritten das Haus betrat, begann er mit seiner hässlichen lauten Stimme, die weit über dem Horizont hallte, zu brüllen. Sein Körper zitterte dabei krankhaft:

„Was ist hier los? Warum hat keiner von euch das Zimmer gekühlt?!“

Er fügte mit einer seltsamen Unverschämtheit hinzu: „Möge Gott Schande über euch bringen! Wisst ihr denn nicht, dass ich ankommen werde?“

Bestimmend murmelt er weiter:

„Ich wünschte, ihr würdet in Sklaverei gehalten werden wie in der Zeit der Dschahiliya.*"

Er lachte wie ein Zuhälter und klopfte mit seiner Faust auf seinen dicken Bauch, der prall war wie ein Wasserbehälter. Befehlsartig sagte er:

„Kommt schon! Holt meinen Alkohol, mein Glas und die Snacks und schließt die Tür hinter euch. Ich möchte nicht einmal das Geräusch einer auf den Boden fallenden Nadel hören."

Er zeigte mit seiner kurzen dicken Hand, die ähnlich war wie ein gebrochenes Paddel:

„Ich warne euch, ihr Schlangensöhne. Ich werde euch alle erbarmungslos umbringen und werde dabei keine Reue zeigen."

Amüsiert wie üblich schrie er weiter:

„Möge der Teufel euch auslöschen, mich ausgeschlossen!"

„H" war groß und breitschultrig, sein Kopf war kräftig wie der eines Stieres, und sein Gesicht neigte zu einer rötlichen Farbe. Seine Stimme hatte den Ton einer perforierten Trommel. Häufig prahlte er mit seiner traditionellen Bekleidung, die er überall trug, sogar zu Hause ... Er arbeitete als Händler im Ankauf von Gold- und Silberstücken. Seine Waage, die er stolz mit sich herumtrug, wie auch sein riesiger Bauch, waren alles andere als fair erhandelt. Er war Analphabet und kannte nicht einmal die Namen seiner Kinder. Alles, was er konnte, waren ein paar Rechenregeln, die ihm halfen, seinen Handel zu betreiben.

* Zeitalter vor dem Islam

Eines Abends, als die Dunkelheit sich allmählich wie ein Dieb einschlich und die Wirkung des Alkohols spürbar war, hat uns der Narr hinausgeworfen. Sein hysterisches Lachen erweckte den Eindruck, als habe er starke Schmerzen. Er konnte wohl kaum noch den Unterschied erkennen zwischen sich und einem Affen ... völlig berauscht rief er:

„Hätte dieses Land eine einzige gerechte Waage wie meine gehabt, wären alle Gefängnisse überfüllt gewesen und alle Schlösser würden leer stehen!"

Verärgert redete er weiter:

„Ja und?! Dann bin ich eben ein Gauner, vor dem sich die Teufel fürchten."

Und genau in diesem Moment setzte er uns auf die Straße. Seine Flüche breiteten sich aus seinem Mund aus wie aus einer Sprühdose. Er brüllte und wühlte am Boden wie ein Hahn. Mit seiner vulgären Art schrie er:

„Ihr seid eine Familie, die keine Ahnung von Leben oder Tod hat!"

Um sein Versagen zu verbergen, schrie er lauter:

„Ich möchte hier keinen von euch sehen! Möge Gott euch und eure Kinder auslöschen und euch zu Armut verdammen!"

Mit einer eigenartigen Dreistigkeit lachte er laut: „Ha ... ha ... ha ..."

An diesem Abend gingen wir abermals zu meiner Familie zurück. Mit enormer Kraft klopften wir an, als wären wir Demonstranten gewesen, die in das Haus stürmen wollten ... Meine Mutter öffnete die Tür, die Angst klammerte sich an ihren Körper wie die Knöpfe an ihrem Kleid und sie musste zu ihrer Überraschung feststellen, dass die gesamte Familie des Herrn Betrunkenen, Kinder und Erwachsene, fast entblößt, vor der Tür weinten. Niedergeschlagen murmelten wir:

„Der Narr hat uns rausgeworfen."

13

Die Vergangenheit ist nicht erwünscht, solange sie die Zukunft bestimmt.

An einem von vielen elenden Tage entschied sich mein Mann, nach einem großen Streit das Haus seiner Familie zu verlassen. Wie ich schon erwähnte, lebten wir in einem dunklen Zimmer, das nur ein Fenster hatte. Das Fenster blickte zum Wohnzimmer, von dem aus seine Familie uns Tag und Nacht heimlich beobachtete. Es war vor allem deshalb möglich, weil das Fenster nur durch einen durchsichtigen Vorhang verdeckt war, der auch nicht vor Sonnenlicht schützte. Die heimliche Spionage war Gewohnheit in der Familie.

Als mein Mann diese Entscheidung traf, hielt er es nicht für nötig, mich um Rat zu fragen. Wir verließen einfach das Haus. Meine Meinung war nicht erwünscht, ich war wie ein Möbelstück oder ein Objekt, das er zu jeder Zeit nutzte und wegwarf. Er entschied sich, mit uns zu einem abgelegenen Dorf an der Grenze zwischen Syrien und Irak zu ziehen. Ich habe in dieser Entscheidung keinen Sinn erkannt und konnte nicht begreifen, warum wir an so einem Ort unseren neuen Wohnsitz suchen sollten!

Aber mit der Zeit verriet mir mein Instinkt den wahren Grund. Seine Absicht war, sich einer neuen Frau anzunähern, die er irgendwo kennengelernt hatte. Sobald wir eingezogen waren, konnte er sich nicht mehr unter Kontrolle bringen. Er folgte nur noch seinem Verlangen, seinen Gelüsten und seinen sexuellen Bedürfnissen gegenüber dieser Frau ... Meine Befürchtungen erfüllten sich zu hundert Prozent, denn von da an begann ein neues Desaster ... Er täuschte seiner Familie diesen Streit vor, um seinem Ziel näher zu kommen. Ich sollte ihm als Hausfrau dienen und die andere Frau als Geliebte! Eine Erbärmlichkeit, die ich kaum mit Worten fassen kann!

• • •

Ich war in einem unbeschreiblichen Zustand der Verzweiflung und Hoffnungslosigkeit, führte Selbstgespräche, schrie meine unschuldigen Kinder an und war von Wut erfüllt. Ich war nicht in der Lage, ein einziges Wort zu ertragen. Es war ein Zustand, den ich gehasst habe, weil ich in meinem Leid vollkommen alleine war. Niemand hat etwas von dieser Phase mitbekommen. Der Zusammenbruch meines inneren Selbst war das Schlimmste, was ich je erlebt habe, denn wenn die Entschlossenheit fehlt, lässt der Wille nach. Letzteres kann wie ein Traum sein, eine Verwüstung oder ein Nebel ...

Ich war gezwungen mich mit den Sünden und der Tyrannei meines Mannes abzugeben. Dem Mann, den mir meine Familie ausgesucht hat, ohne mich nach meiner Meinung zu fragen.

14

Ein Desaster war, dass wir meinen Sohn und meine Tochter mitschleppten und er sich über die Entwurzelung, die dies für uns bedeutete, nicht bewusst war. Das Allerschlimmste aber war, dass er über meine Schwangerschaft mit meinem dritten Kind Bescheid wusste, und er trotzdem seinen Bedürfnissen nachging.

Er hatte uns tagelang allein zurückgelassen. Ich wusste nicht, wo er sich aufhielt oder was er machte ... Er ließ uns ohne Geld zurück und ich hatte drei Kinder zu versorgen. Der Embryo wuchs in meinem Leib, ich besaß nichts, womit ich hätte überleben können. Wie sollte jemand wie ich Geld für Essen und Trinken auftreiben können?! Er nahm keine Rücksicht auf uns. Seine ganze Welt bestand aus Gelüsten und Verlangen. In seinem Leben waren wir nur ein Mittel zum Zweck, ein Trost, und nicht einmal das!

Das Gefühl, wie eine Kuh benutzt zu werden, ist widerlich! Ja, ich fühlte mich verletzt und mein Herz hat gelitten unter dem, was mir und meinen Kindern widerfahren war.

Mein Leben war alles andere als gewöhnlich oder normal. Tag für Tag ließ mein Lebenswille nach. Auch der Hoffnung habe ich keinen Glauben mehr geschenkt. Die Tage, die ich erlebt habe, waren tragisch und traurig, vergossen mit stillen, fast stummen Tränen. Mein Körper zeigte erste Anzeichen der Erschütterung und meine Psyche war ruiniert. Ich wollte nur noch mit der Welt fertig werden, egal wie. Am ein-

fachsten durch den Tod, denn Überleben erschien mir
viel schwieriger zu sein!

15

Die Tage sind vergangen. Sie waren unerträglich
und schlimm wie eine schwere Krankheit. Unser einziger Trost waren Tränen …

Ich nahm Kontakt zu meiner Mutter auf und hoffte einen Weg zu finden, uns aus dieser Situation herauszuholen.

Ihr Rat war die sofortige Rückkehr, ohne ihn zu informieren. Mir fehlten Geld und Mut, schließlich war
die Distanz groß und ich war es nicht gewohnt allein
zu reisen. Ich war jung, im Alter von zwanzig Jahren, in
einer orientalischen Gesellschaft, die abscheulich war.
Eine Gesellschaft, die weder hört noch sieht, was vor
sich geht, stattdessen mit Gebeten und unsinnigen Pa-
rolen beschäftigt ist.

Mir kam es vor, als wären die Menschen nur mit
sich selbst beschäftigt. Als wäre Egoismus ihr Lebens-
motto, nach dem sie sich richten müssen. Ich hatte
großen Hunger und besaß nichts, was ich meinen Kindern zum Essen hätte geben können. Der Tod war in
meinen Augen milder als das Betteln!

Aber mein Glaube an die Macht Gottes und an seine Barmherzigkeit gab mir die Hoffnung, aus der Hölle mit meinem Ehemann herauszukommen, und ich
habe diesen Glauben zu keiner Zeit aus dem Herzen
verloren …

16

Manipulation ist eine von Menschen begehrte Beschäftigung, auch wenn diese an einem Insekt ausgeübt wird.

Das Verhalten meines Mannes war in aller Munde, seine Affäre war für alle offensichtlich. Ich konnte die Situation nicht mehr ertragen. Die Einsamkeit bereitete mir große Angst, vor allem Angst vor Rachetaten, die gegen mich hätten verübt werden können als Folge seiner Gräueltaten. Denn wir lebten in einem Dorf, indem sogar das Echo eines Flüsterns laut und deutlich gehört werden konnte und erst recht das Reden und Schreien!

Es gab keinen Tag, an dem mein Mann nicht erst mitten in der Nacht nach Hause kam, und zwar entweder betrunken oder gut gelaunt und singend, um seine gute Zeit mit seiner Geliebten hochzupreisen. Er schenkte mir dabei keine Beachtung, auch nicht dem Menschen in mir, den er seit der ersten Nacht der Ehe vergewaltigt hatte. Jene Nacht, in der er seine Bedürfnisse befriedigte und mich dabei auf dem nackten Boden des einsamen Zimmers überwältigte, ohne Rücksicht auf meine Abweisung. Ganz genau, dieser Verbrecher hat mir mit einer verheerenden Gewalt meine Jungfräulichkeit genommen. Er kam mir dabei vor, wie ein psychisch gestörter Krimineller, der Lust auf sein Opfer hatte und sie vergewaltigte. So war das! Er zwang mich zum Sex, obwohl ich – seine Ehefrau – mich wehrte!

Ich habe nicht den Mut weitere Details aus meinem Leben stunden- und minutengenau zu schildern. Denn sobald ich mich an die Ereignisse erinnere, würde ich eine große Demut spüren, die wie ein Stein auf meinem Herzen liegt, wie ein riesiger Berg auf der Brust eines Sterbenden.

17

Wenn ein Mensch sich vornimmt ein Ziel zu verfolgen, ebnen sich alle Wege mühelos.

Trotz meiner Angst und der Schande, die mein Mann über die Familie brachte, habe ich schließlich den Mut gefunden, die Nachbarn um Geld zu bitten – mit der Begründung, dass ich nach Bagdad zu meiner Familie zurückkehren wollte ... Nach mehreren erfolglosen Versuchen war es mir endlich gelungen, mit meinen zwei Kindern und dem Dritten in meinem Leib zu fliehen. Ich hatte panische Angst. Dieser Tag war wie von einem Sandsturm getrübt. Demütigung und Enttäuschung waren mein Schatten, der genauso sichtbar war wie mein eigenes Kleid.

Die Sache war alles andere als leicht. Ich spürte eine gewaltige Furcht vor meinem irren Mann und seiner Skrupellosigkeit, die mich umschlang und erwürgte.

Trotz der Versprechen meiner Mutter, blieb ich fortwährend in meinen Gedanken gefangen, die düster und schwarz waren. Ich hatte Großes vor.

Dann spürte ich hin und wieder eine innere Kraft, die gesiegt hatte. Es war die Kraft des eigenen Willens. Sie floss aus dem Gewissen eines gekränkten Menschen, der sich nach Freiheit sehnt, um jeden Preis. Diese Kraft war stark genug, um mich in Richtung meines Zieles zu treiben, trotz aller Hindernisse, die mir zu dieser Zeit in den Kopf kamen. Ich neigte schlussendlich dazu, den Bedürfnissen meiner Seele, die einen Ausweg finden wollte, zu gehorchen ...

Erschöpft und erschüttert kam ich in jener Nacht bei meiner Familie an. Meine zwei Kinder waren kraftlos, hungrig und durstig. Aber mein Wille, mich von den Fesseln zu befreien, war größer als jeder Leid, den wir während der Reise erlebt hatten. Während ich meine beiden Kinder beruhigte, habe ich in manchen Momenten in den Himmel geschaut, in der Hoffnung, dass die Gebete unserer müden Herzen, die sich nach einem friedvollen und menschenwürdigen Leben sehnten, erhört werden.

Keiner meiner Familienangehörigen hat mich empfangen, nur die Tränen meiner Mutter. Ich warf mich in ihre Arme wie ein geschlachtetes Schaf, dessen Herz still steht. Meine zwei Kinder haben nicht weniger in schrecklicher Weise geweint, der Anblick war elend und bemitleidenswert ... Wir schliefen ein wie Leichen, bis tief in den nächsten Tag.

Am Nachmittag des nächsten Tages habe ich meiner Mutter alles, was wir bis dahin und auf unserem Weg erlebt hatten, erzählt. Ich habe ihr alle Einzelheiten über den Umgang meines Mannes mit uns geschildert, auch, dass er tagelang verschwunden war, ohne auch nur einen kleinen Bissen für mich und seine Kinder zu hinterlassen. Sie beruhigte mich mit ihrer mütterlichen Art, klopfte mir auf die Schulter, während sie meine beiden Kinder, die in meinem Schoß saßen, ansah, und betonte ihre Ernsthaftigkeit, in dem sie sagte:

„Alles wird gut. Das wird ein Ende nehmen – mit Gottes Willen. Sei umsichtig mit dir selber und deinen beiden Kindern und denke an nichts anderes."

Sie hielt inne mit dem Bedürfnis zu weinen. Dann sagte sie: „Ich werde an deiner Seite stehen. Sei dir sicher, ich werde nicht mehr zulassen, dass dir Wehmut und Demütigung durch diesen unanständigen Mörder – deinen Mann – wiederfährt ..."

Ihre wahrhaften und aufrichtigen Worte waren wie Balsam für meine Wunden, die noch Elend und Wehmut geblutet haben. Denn der Puls des Lebens hatte zu dieser Zeit längst meine Seele verlassen.

18

Wann hören wir auf, die Angst zu fürchten, vor der Flucht zu flüchten, der Konfrontation zu entfliehen und vor dem Leben zurückzuschrecken?!

Ich würde behaupten, dass die Menschlichkeit der Frau in der orientalischen Welt wie von Zauberhand samt ihren Wurzeln ausgegraben oder wie ein Bock, als Opfermahl zum Fest serviert und gefeiert wird. Die Menschen feiern ihren vermeintlichen Triumph und ersuchen mit erlösten Seelen das Gebet, als hätten sie keine einzige Sünde begangen und als würden sie keine Schuld an dem Ganzen tragen. Eine Frau in der orientalischen Welt verliert alles, was sie hat!

Ich war nie begriffsstutzig, narr oder plump, aber die Gesellschaft, in der ich lebe, ist davon besessen, mich schwach und kraftlos zu sehen. Sie möchte mich als eine Wirre erkennen, die kaum den Unterschied zwischen einer Tafel und der Kreide erkennt, wie ein irakisches Sprichwort sagt – *al-Jak men al-bak* – was so viel bedeutet wie *Kreide vom Buch*, und es wird über jemanden gesagt, der nicht über das notwendige Wissen oder Bildung verfügt.

Eine Diskussion mit solchen Menschen würde dazu führen, dass ich als eine unverschämte Person gelte, sodass sie sich schlicht und einfach vor der Wahrheit drücken können. Sie würden mich sogar als Hure bezeichnen, wenn sie mitbekämen, dass ich die Befehle meines Mannes nicht befolgte, auch wenn diese sittenwidrig und unmoralisch wären!

Möge Gott ihre Lästerzungen abhacken, die sie über den Allmächtigen stellen, der ihnen in Manieren, Moral, Großzügigkeit und Pietät überlegen ist.

Der arabische Dichter sagt: „Wie soll der Schatten gerade sein, wenn die Gestalt krumm ist?"

Ich möchte ganz unschuldig die Frage stellen: Wann ist der richtige Zeitpunkt für das Sprichwort „Lieber Geben als Nehmen?" Sollten wir etwa den ständigen psychischen Druck des alltäglichen Lebens zulassen, der einerseits von der Gesellschaft und andererseits von unseren Mitmenschen und Nahestehenden auf uns einfließt?

19

Einer Mutter bleibt ihr mütterlicher Instinkt treu und kann niemals anders sein. Sie sorgt sich um ihre Kinder, auch wenn sie erwachsen sind, denn dies liegt in ihrer Natur. Eine Mutter macht sich immer Sorgen um ihre Kinder, auch dann, wenn es nichts zu befürchten gibt, und genau deshalb sind wir geduldig und strapazierbar.

Ich war eine von ihnen, keineswegs anders. Ich weinte, ehe ich die Tränen meiner Kinder erahnte, ermutigte sie, bevor sie lachten, und lachte von ganzem Herzen mit ihnen. Ich habe nicht geschlafen, ehe ich sicherstellte, dass sie bereits friedlich schliefen, und speisen konnte ich nur, wenn sie in meiner Nähe waren. In einem Moment des Zweifels an meiner Geisteskraft fragte ich mich: Was hat mich zu dieser Person gemacht? Warum widme ich mein Leben ausschließlich meinen Kindern? Warum kann ich das Leben nur in Anwesenheit meiner Kinder hinnehmen? Ich wollte nichts anderes, als bei ihnen zu sein und sie auf dem Weg nach oben zu fördern.

Sobald ich mit meinen Gedanken fertig war, antwortete ich mir: Ich war überzeugt von dem, was ich getan habe, zufrieden mit dem, was ich gegeben habe, befreit von Selbstsucht, die ich nie in meinem Leben kannte, vor allem, wenn es um meine Kinder ging, ungeachtet der Natur des Menschen, die Gott kreiert hat. Schlicht und ergreifend war ich bisher noch nie im Besitz meines Selbst gewesen. Alles was ich geben konnte, widmete ich meinen Kindern.

Ich war komplett außer mir, als mein Mann meinen ältesten Sohn von der Bettkante stieß, mit der Absicht ihm Angst einzujagen. Das Gesicht meines Sohnes prallte auf den stumpfen Boden, und er brach sich dabei die Nase. Als ich das Blut fließen sah, war ich fast ohnmächtig. Ich schrie wie eine Verrückte und wusste nicht, wo ich zuerst anpacken sollte. Mein Mann starrte mich für einen Moment an und wandte seinen Blick zu seinem verletzten Sohn. Er zuckte mit den Schultern und fühlte sich nicht von der Situation betroffen … Ich war gezwungen meine Kräfte zu sammeln, nahm meinen Sohn, der in seinem Blut versunken war und vor Schmerzen nicht aufhören konnte zu schreien, und rannte aus dem Haus, ohne mich umzuziehen. Ich flehte die Menschen an, mir zu helfen, und hoffte auf Gottes Gnade: „Bitte helft mir, mein Sohn wird sterben, bitte rettet ihn!" … Ein Taxifahrer, der vor Ort unterwegs war, hörte meine Hilferufe und Schreie. Er hielt an und fuhr mit uns zu einem Krankenhaus, das in der nächstgelegenen Stadt lag, und dort wurde mein Sohn behandelt. Seine Nase wurde genäht, aber die Narben waren deutlich zu sehen, wie ein Schandmal, das uns an die Verrücktheit meines Mannes erinnerte.

20

Ein Wort und ein Seil haben etwas gemeinsam, nämlich erdrosseln.

Die einzige Sprache, die mein Mann beherrschte, war Gewaltanwendung und Beleidigung mit vulgären

Worten, die ich aus Schamgefühl nicht aussprechen kann. Nur solche Momente haben sich in unserem Zusammenleben abgespielt, dies war die einzige Sprache, die er mir und den Kindern gegenüber gebrauchte ...

Auf diese Weise verlief mein Leben. Ich verbrachte es mit Tränen, Enttäuschungen, Leiden und Unterwerfung. Zum Schluss habe ich alles hingenommen, was aber nicht bedeutete, dass ich ihn jemals im Leben etwas verzeihen würde.

Woran soll ich mich erinnern? An den Moment, in dem er seinen Schuh in der Hand hielt, um seinen eigenen Sohn damit zu schlagen - mit der Ausrede, ihm eine Lektion zu erteilen? Er sagte: „Behalte das im Kopf und vergiss nicht, dass ich gerade mit dir spreche. Und solltest du es jemals vergessen, dann denke an den Schuh und an das, was dein Vater dir gelehrt hat."

Was kann man von mir als Mutter erwarten, deren Sohn, ein Junge im neunten Lebensjahr, auf diese schmutzige Art sinnlos beleidigt wird? In dem Moment wünschte ich, ich wäre vom Erdboden verschluckt worden, damit ich die Demütigung meines Sohnes nicht mit ansehen musste? Mein Sohn hatte vor Angst gezittert und wollte nur noch ziellos fliehen ...

Oder soll ich mich etwa an jenen Tag erinnern, an dem ich meinen Mann zur Mittagszeit mit der Nachbarin in meinem Ehebett erwischte, während sie Analverkehr trieben?

Was soll ich nur sagen? In meinem Herz ist ein Kummer, meine Seele hat viele schwer zu stillende Wunden, und meine endlosen Tränen sind wie Feuer auf meinen

Wangen. Weder das Leben noch die engsten Menschen haben mir gegenüber jemals Gnade gezeigt.

In der Zeit, die ich bei meiner Familie verbrachte, ausgestoßen als geschiedene Frau, hat mein zwölf Jahre älterer Cousin – verheiratet und Vater von drei Kindern – Gefallen an mir gefunden. Als er mitbekam, dass ich geschieden war, war er außer sich vor Freude. Als hätte er etwas gefunden, wonach er schon immer gesucht hatte. Seine Besuche wurden häufiger. Er kaufte mir und meiner Mutter und sogar meinem Bruder Geschenke, so dass meine Familie sein Verhalten uns gegenüber fragwürdig empfand. Eines Tages hat er meinem Bruder, während sie sich betranken, seine Absichten offenbart, nämlich dass er mich heiraten möchte! Mir gegenüber hat mein Cousin nie diese Absicht mitgeteilt, geschweige denn mich nach meiner Meinung gefragt! Er pflegte schon immer eine gute Beziehung zu meinem Bruder und die beiden hatten, was das Zocken und Betrinken betrifft, unzählige Abenteuer miteinander erlebt. Ohne mich zu fragen, versprach mein Bruder in einer beruhigenden Art, diesen Wunsch zu erfüllen. Er bat ihn aber um Bedenkzeit, als wäre er derjenige, um dessen Hand gehalten wurde. Dabei drehte sich alles um mich!

Eines Abends, als die Sonne langsam ihre Strahlen zurückzog und eine rote Farbe im Himmel zerstreute, bat uns mein Bruder zu sich. Er sagte zu mir:

„Ich bin mit deiner Vermählung mit unserem Cousin einverstanden, mit der Bedingung, dass er dir ein anderes separates Haus als das, das von seiner aktuellen Frau bewohnt ist, zur Verfügung stellt!"

Meine Mutter hatte in dem Moment einen Nervenzusammenbruch. Sie schrie meinen Bruder an und sagte dabei:

„Solange ich am Leben bin, wird das nicht passieren. Deine Schwester hat genug erlebt in ihrer Ehe."

In einer sanften aber drohenden Art ergänzte sie:

„Sie braucht mehr Zeit, um sich von ihren Wunden und Schmerzen, die ihr ihr verrückter Mann zugefügt hat, zu erholen ... Wir müssen ihr eine Chance geben, ihr Leben wieder in den Griff zu bekommen."

Die verächtlichen Blicke meines Bruders flüsterten mir zu: „Das Ei ist bereits geborsten und das Küken ist daraus geschlüpft und hat mittlerweile schon Federn." Er zeigte auf mich und fragte:

„Was ist? Warum bist du so still, als würde es dich gar nicht betreffen?"

In dem Moment hatte ich das Bedürfnis zu rebellieren, ihn anzuschreien und ehrlich zu sagen, was in mir vorgeht. Am liebsten wollte ich meine Kleidung, die ich als meinen einzigen Schutz betrachtete, vor Wut zerreißen. Aber plötzlich war meine Zunge gebunden und ich brachte kein einziges Wort über meine Lippen, als wäre ich stumm gewesen und unfähig zu sprechen!

Die Antwort meiner Mutter war ein Trost für mich. Es milderte den Wirbel in mir, ein Wirbel aus Abweisung und Verachtung!

Das Vorhaben meines Bruders und meines Cousins war nicht von Erfolg gekrönt. Aber dieser Vorfall hat eine lange gesuchte Erkenntnis in mir wach gerufen. Nämlich, dass mein Bewusstsein auch eine positive Seite hat. Ein Bewusstsein, das mit einem aufgeschlossenen und glücklichen Geist nach Möglichkeiten auf ein menschenwürdiges und adäquates Leben strebt, ohne Einfluss von außen. Diese Erkenntnis hatte ich in dem Moment gespürt. Und wie ich schon sagte, das Vorhaben der beiden war nur eine Art Samen, der nicht aufgeblüht ist und somit keine Frucht zum Ernten brachte. Dies war sehr vorteilhaft für die Gestaltung meines Lebens, denn dadurch habe ich verstanden, dass ich meinen Standpunkt definieren muss, um dann mit Taten zu beginnen, auch wenn meine Ideen noch nicht ausgereift sind und sie mehr Arbeit brauchen, um zu fruchten ...

21

Nachdem mein Mann sich mit seiner Geliebten vergnügt hatte, hat er sie verlassen, so wie er es immer getan hat. Das Ende war vorhersehbar. Wieder kehrte er reuevoll zu meiner Familie und weinte um Vergebung. Diese Erfahrung, so bitter sie war, hat etwas in mir bewegt. Damit möchte ich sagen, dass ich die Einzelheiten der grauenhaften Geschehnisse eher als Antrieb gesehen habe, der mich im Leben eventuell weiterbringen würde.

Diese Denkweise war ich bis dahin nicht gewohnt, sie war mir unbewusst. Ich hatte die Dinge so hingenommen, wie sie sind, ohne sie zu analysieren und zu überdenken, anders als ich sie diesmal aufgenommen hatte. Ich hatte gespürt, wie die neue Denkweise sich tief in mir verankerte und nach und nach meine Seele eroberte. Wie man es so schön sagt: Was dich nicht umbringt, macht dich stärker! Genau das ist damals in mir vorgegangen. Mich hat der Schlag zwar getroffen, aber zugleich wusste ich, wie ich es auf meine persönliche Art zurückgeben konnte.

Kurz nach dem ich versucht habe, mich von meiner Errungenschaft zu überzeugen, überwältigte mich aber wieder ein Zögern. Ich kapselte mich wieder ab und mein Kummer trieb mich erneut in eine Depression, von der ich mich, durch meine Erschöpfung, nicht loslösen konnte, obwohl ich mit aller Kraft versucht habe, mir eine positive Denkweise im Hinblick auf eine hoffnungsvolle und glückliche Zukunft anzueignen.

Binnen kurzer Zeit driftete ich in tiefer Trauer, die mir jede Hoffnung ausblendete. Deshalb entschied ich mich in einem kurzen Moment der Schwäche, dem Wunsch meines Mannes nachzugehen. Die Folgen dieser Entscheidung waren im wahrsten Sinne des Wortes fatal.

22

Er wollte mich wieder als seine Frau und nicht als freie Geschiedene, wie ich es gewünscht habe. Ich hatte dies meiner Familie mitgeteilt, aber sie verabscheute meine Gedanken und beleidigten mich auf harte Weise … Ich war lebensmüde. Anstatt meine Sachen zu packen und mit ihm zurückzukehren, schluckte ich aus Verzweiflung eine Menge Tabletten. Ich suchte meinen Tod.

Was haben Sie erwartet? Dies ist das gewöhnliche Ende einer Frau, die so ein Leben geführt hat. Warum wird das Gegenteil von mir gefordert? Etwa, weil er mein Ehemann ist und ich ihm als Sklavin dienen soll? Oder, um in ständiger Qual zu leben, bis ich in meiner Einsamkeit durchdrehe? Deshalb wollte ich selber über mein Leben entscheiden. Ich hatte gehofft, so meinen Seelenfrieden zu finden. Ich tat es mit großer Erleichterung, und meine Seele wünschte nichts lieber als Erlösung durch den Schöpfer der Menschheit!

Wie ich schon sagte, ich sah die Welt nur noch durch einen dunklen Tunnel aus Leid und Grausamkeit. Meine Reaktionen haben entsprechend der Situationen, die ich mit einem mutigen Herz erlebt hatte – keiner hatte je Mitleid mit mir gehabt, mich aus der Situation zu retten, in der mich meine Familie versetzt hatte ... Dies ist einer der gewöhnlichen Folgen vom Leben einer orientalischen Frau, die den repressiven Sitten und Gebräuchen ihrer Gesellschaft unterworfen ist und diese gar nicht richtig verstehen kann.

In dem Fall erlaube ich mir anzumerken, dass die Landung des ersten Menschen auf der Erde „Adam" eine Bestrafung dafür war, dass er etwas verstehen wollte beziehungsweise er das Bedürfnis hatte, eine Erkenntnis zu erlangen. Für diese Sünde wurde er bekannterweise bestraft!

* * *

Ich weinte bis zum Ersticken, keiner hat mir den richtigen Weg gezeigt ... Ich war angespannt und von meiner Frustration verschlungen, denn so wie ich meine Familie kenne, wusste ich, dass sie mich zwingen werden, zu ihm zurückzukehren ... In ihrer Kultur hat die Frau nichts zu melden, sie hat nur „Ja" zu sagen! Eine Verneinung existiert nicht in ihrem Sinne. Und wieder einmal forderten Sie mich auf, das Unmögliche mitzumachen, geduldig zu sein. Woher sollte ich die Geduld nehmen? Und wer von ihnen wird meinem Verbrechen gegenüber die Geduld zeigen, wenn ich mich weigere, wieder in den Schoß dieses Mannes geworfen zu werden? Und wer wird meinen ältesten Bruder davon überzeugen, von seiner Entscheidung abzusehen?

Schon wenige Tage später wurde ich im Haus eingesperrt, meinen Gedanken überlassen. Meine Familie hat mir sogar den Kontakt zu meiner einzigen Freundin verwehrt, sie durfte mich nicht besuchen. Die Härte dieser Strafe übertraf mein Durchhaltevermögen, und die Isolation und Einsamkeit ließen mich alt aussehen. Meine Welt brach zusammen, obwohl ich kurze Zeit zuvor eine Willenskraft hatte, die so fest war wie eine Marmorskulptur. Sie verschwand unter den Umständen, die meine Familie kreiert hatte! Ich wusste nicht weiter, versank in meiner Verzweiflung und fühlte mich wie ein Insekt, das für das Leben nicht von Bedeutung ist. Warum sollte ich also weitermachen?

Die vulgären Worte meines Bruders Kadhem klingen heute noch in meinen Ohren, sie brennen wie der Schlag einer Peitsche. Seine Ohrfeige und die Spur seiner Finger spüre ich noch auf meiner Wange. Auch der Angriff meiner anderen Brüder, die mich wie wilde

Katzen zerfetzen wollten, bleibt noch in meinem Gedächtnis hängen. Sie sperrten mich ein und verwehrten mir den Zugang zur Außenwelt. Sie nahmen meine Zukunft in ihre Hände und trafen die Entscheidung, mich wieder meinem Mann auszuliefern. Eine Entscheidung, deren Umsetzung nur noch wenige Stunden entfernt war. Warum all das?

Hitzig murmelte ich: Ist mein Wunsch nach einem von Leid und Schmerz befreiten Leben etwa der Grund für all das? Nie ist mir in den Sinn gekommen, mir oder meiner Familie weh zu tun, und ich habe nichts begangen, was Erniedrigung und Scham hätte erzeugen können. Meine Familie stellt die Frau eine Stufe niedriger als ein Tier. Sie ist der Ansicht, dass sie mit einer Frau so umgehen kann, wie sie möchte. In dem Moment fand ich keinen Ausweg, ich steckte fest in dieser Situation, und das Schicksal hatte sein Urteil gefällt. Die Verhandlung war zu Ende, es war zu spät. Mich zu isolieren und einzusperren war sehr hart für mich. Ich durfte mit niemandem außerhalb des Familienkreises Kontakt aufnehmen ...

N.N. sah die Antidepressiva, die ihre ältere Schwester zuvor eingenommen hatte, als einzigen Ausweg aus ihrer Krise. Sie konnte in dem Moment an nichts anderes denken, ihr Geist trat aus dem Universum, das von der göttlichen Kraft umhüllt ist ... Sie hat sich nie erträumen können, dass sie jemals so einen Zustand erreichen würde. Plötzlich war ihr bewusst, dass sie einem grenzenlosen und unerträglichen Elend ausgesetzt war, und das ganz offiziell, ausgelöst durch ihre Familie. Es war unmöglich, mit ihnen unter einem Dach zu leben.

76

Am Abend vor dem erzwungenen Wiedersehen mit ihrem Mann, griff N.N. hemmungslos und ohne Zögern zu der roten, mit gelben Punkten überzogenen Medikamentendose, schüttelte sie, während sie den Deckel öffnete, und nahm die Menge ein, die beim Öffnen in ihre Hand fiel. Sie schluckte sie trotz trockenem Mund hinunter und verschüttete dabei brennende Tränen. Wenige Minuten später fiel sie bewusstlos auf dem Boden. Sie erzeugte einen furchteinflößenden lauten Aufprall, wodurch ihre Familie aufschreckte und in das Zimmer stürmte, um nachzusehen, woher das Geräusch kam … Sie waren überrascht, als sie N.N. auf dem Boden liegend sahen, neben sich eine leere Medikamentendose, sie rollte langsam wie das Blut einer Leiche.

Hat sich die Heldin dieser Geschichte vielleicht an die Worte ihres Bruders Hisham erinnert? Etwa an seine abwertende Art, den Tod zu beschreiben und seine Missbilligung des Strebens nach einem glücklichen Leben? Was ging in ihr vor, als sie sich das Leben nehmen wollte? Welche Bilder hat sie gesehen und welche Worte schwangen in ihrem Herzen?

Die Dunkelheit draußen zog sich zurück, leise wie ein mächtiger Wald. Langsam zeigte sich das Licht, das aus dem fernen Horizont strahlte, um einen neuen Tag anzukündigen.

23

Während ich vier Tage lang in der Klinik lag, habe ich dem Tod ins Auge gesehen und all seine köstlichen

Phasen durchlebt, die ich mir wünschte. Ich habe zu der Zeit nichts von der Außenwelt mitbekommen ... Aber das Schicksal bestimmte anders über mein Leben und holte mich aus dem Tod zurück. Der Kampf mit meinem Leben sollte anscheinend weitergehen, mit diesem unerträglich fatalen Wahnsinn aus den sündhaften, schmutzigen Taten meines Mannes.

Vier ganze Tage hatte ich grauenhafte Schmerzen im Magen, trotz medizinischer Versorgung und trotz Magenspülung. Schmerzen, die durch die mir unbekannten Tabletten, die ich vor mir fand und auf einen Haufen runterschluckte, ohne auch nur eine Sekunde zu zögern. Leider hatten sie mir nicht den Tod gebracht!

Es war Gottes Bestimmung, mich am Leben zu halten. Dies war mein Schicksal und ich musste es hinnehmen, ob ich wollte oder nicht. Während meines Klinikaufenthalts hat mich niemand besucht, außer meine Mutter und mein kleiner Bruder Hisham. Er wird als „der Weise" und als talentierter Schriftsteller von meiner Familie bezeichnet. Er kam in seiner bescheidenen Kleidung, hatte ein weißes kurzärmliges Hemd an und darunter ein ärmelloses Unterhemd in grauer Farbe, mit einem V-Ausschnitt. Wie eine Bedeckung sah sein hellblauer Blazer aus, den er über seine hellblaue Jeans trug, so blau wie das Meer. Seine Bekleidung ähnelte dem Stil der traditionellen indischen Bekleidung. Mein kleiner Bruder ist schlank und groß. Seine glatten Haare sind schwarz und lang, mit einem Scheitel in der Mitte. Die Pupillen seiner Augen glänzen wie die eines asiatischen Tigers, ihre Farbe ist eine Mischung aus Honig und die Dunkelheit der Nacht. Er liebt Einfachheit, ist bescheiden, kann sich nicht verteidigen, und sein Herz ist reiner als die Reinheit der Milch. Er ist nachsichtig wie ein Priester, ihm fällt es schwer nachtragend zu sein, und zugleich kann er nicht hingebungsvoll lieben. Eine stürmische Liebe, für die sein Herz und seine Seele brennen, hat er nie zuvor erlebt. Dieser Zustand ist ihm unbekannt. Einmal sagte er zu mir:

„Das kann ich nicht. Da gibt es etwas, was mich hindert."

Am zweiten Tag meines Klinikaufenthaltes besuchte er mich mit meiner Mutter. Er hielt einen wunderschönen Blumenstrauß in seiner linken Hand, als er lächelnd vor mir stand und auf die Blumen zeigte. Er fragte:

„Wo kommen sie hin?"

Mir fiel es schwer aufzustehen, deshalb zeigte ich auf den Platz, wo die Blumenvasen aufbewahrt werden. Mit großem Vergnügen holte er eine Blumenvase und platzierte die Blumen darin, dann setzte er sich neben mich und munterte mich mit tröstenden und motivierenden Worten auf.

Der Besuch meines Bruders mit meiner Mutter hat mir damals gut getan. Plötzlich wusste ich, dass die Welt noch in Ordnung ist und dass es durchaus Mensch gibt, die sich um andere kümmern. Eine Weile habe ich genau das Gegenteil gedacht. Dieses Gefühl half mir, meine Krise zu überwinden, in der ich durch die Bestimmung Gottes geraten war.

24

In mir sind noch ein paar Atemzüge übriggeblieben und ein kleines Lebenszeichen, der in meinem brüchigen Herzen schlägt. Es fühlt sich an, als wäre die Flamme des Lebens darin erloschen, und das seit einer nicht allzu kurzen Zeit ...

Als ich aus der Klinik entlassen wurde, war ich in beängstigender Weise abgemagert und schwach wie ein Faden, erschöpft, kraftlos, unfähig zu stehen.

Meine Familie drängte mich wieder einmal dazu, den Kindern zu Liebe mit meinem Mann zu leben.

Sie hatten die Gewohnheiten meines Mannes komplett vergessen, die ich mindestens als unannehmbar bezeichnen würde. Würden wir an die Existenz der Dämonen glauben, wäre mein Mann eines der Bösesten davon!! Ein übergeschnappter, argwöhnischer Mann, dessen Stimme ein Zwiespalt zwischen der eines Jungen und einer Frau ist. Er ist weder in seiner Persönlichkeit noch in seinen Aussagen ausgeglichen. Seine Bosheit strotzt tief aus seinen Augen. Eine armselige Person, die nichts weiter kann außer lügen und betrügen. Sein Genuss liegt im Alkohol, in all seinen billigen und schlechtverarbeiteten Sorten. Mein Gott! Das sind schlimme Eigenschaften, die dieser Versager besitzt. Möge Gott ihm nicht verzeihen. Er veranstaltete ein Festspiel aus dauerndem Lärm. Möge er vom Teufel gejagt werden. Er ist besessen von seiner Verrücktheit und seinem Unsinn. Sobald er zu seiner Arakflasche griff – das Getränk bezeichnete er als die Milch der Mutigen oder der Löwen und manchmal auch als das

Wasser der Hölle – trank er in einem hohen Tempo, als würde eine weitere Person mit ihm konkurrieren. Danach taumelte er wie immer vor sich hin und war sich nicht mehr bewusst, wo er sich in dem Moment befand!

25

Das Zusammenwürfeln von Tausenden richtet zwar keinen Schaden an, jedoch führt es dazu, dass der Käfig weniger amüsant wird! Hobbes

Unterwürfig habe ich nachgegeben und kehrte zu ihm zurück. Die verdammte Reise zu meiner Familie führte dazu, dass mein Sohn die Schule verlassen musste und somit ohne schulische Orientierung blieb. Ihm zu liebe habe ich in die Rückkehr zu meinem Mann eingewilligt. Wieder war ich die gedemütigte Sklavin, die an einem dünnen Faden der Hoffnung hing. Ich konnte den Faden klar sehen, dünn wie Seide, es war die Gnade Gottes.

Trotz alldem habe ich es nicht aufgegeben, ernsthaft zu versuchen, einen besseren Menschen aus meinem Mann zu machen. Ich hatte eine kleine Hoffnung, dass er zumindest beginnt, sein Umfeld wahrzunehmen, so wie alle anderen auch.

Manchmal flehte ich ihn an, uns aus der elenden Situation rauszuholen, damit wir ein gewöhnliches Eheleben führen können, als Mann und Frau, als eine Familie mit Verantwortung gegenüber ihren Kindern.

Ein Ehepaar, das der Zukunft seiner Kinder Beachtung schenkt. In anderen Momenten wiederum gehorchte ich ihm und passte mich seinem Verhalten an, bis ich auf die Wahrheit stieß, dass all meine Bemühungen dazu führten, dass ich somit mit ihm und seinen Sünden gleichgestellt war. Ich habe mich dafür gehasst und bestrafte mich selber mit voller Härte, obwohl all meine Versuche das Ziel hatten, ein glückliches Familienleben zu führen. Aber zugleich hatte ich das Gefühl, inmitten des Elends und der Ungerechtigkeit keine Familie zu haben. Ich wurde von meiner Würde als Mensch und als Frau, die die schöpferische Kraft im Leben verkörpert, enteignet.

In dem einen Moment lachte ich mit ihm, und im anderen weinte ich wegen ihm. Ich betete für ihn, dass sein Verstand bald wieder zu ihm zurückkehrt, damit er uns endlich wahrnimmt. Aber meine Gebete wurden nicht erhört. Als hätte das Schicksal mit ihm einen Pakt geschlossen – gegen mich!

Diese Paradoxie in meinen Gefühlen bereitete mir den größten Schmerz, ähnlich wie der Schmerz einer Peitsche. Es raubte mir den letzten Nerv und nahm mir den Respekt zu mir selbst. Es machte mich nervös und ich konnte mir das, was mir und meinen Kindern passiert ist, nicht erklären. Anfangs gab ich mir die Schuld dafür, aber wenig später realisierte ich, dass ich nicht dafür verantwortlich war, und somit kehrte ich zum Startpunkt zurück:

Warum passiert all das? Und wie kann ich mich aus dieser Situation, in der mich meine Familie erbarmungslos steckte, herausholen?

Schweigen war eine Art Medizin für mich, obwohl es bitter war. Es war eine furchteinflößende Stille, wie die Stille der Gräber. In meinem Leben gab es keine sichtbare Veränderung, wodurch mich meine Depression wieder heimsuchte, so dass sich eine tiefe Trauer in meinen Gliedern spürbar machte. Ich war tage- und nächtelang bettlägerig und wusste nicht, woher diese plötzlich auftretende Erschöpfung kam. Der Kampf um meine Werte und Tugenden erschöpfte mich umso mehr und schwächte mich ab.

26

Ehrenhaft, mein Herr, ist derjenige, der von Irren respektiert, von Kindern gefeiert, von Reichen beneidet und von den Weisen verachtet wird! Parnaf

Es war zu erwarten, dass seine Familie uns nicht mehr empfangen würde nach dem Streit, den mein Mann vorgetäuscht hatte. Vor allem seine Mutter versuchte mit allen Mitteln uns klar zu machen, dass sie uns nie wieder in ihrem Haus sehen möchte.

Wir sammelten uns und machten uns auf dem Weg zu seiner jüngeren Schwester. Sie war mit einem alkoholabhängigen Mann verheiratet, ein Abbild Satans, der sich nur in seinem Äußeren und seinem Namen von meinem Ehemann unterscheidet. Das Haus lag in einem armen Viertel, es war ohne Tür! Genauer gesagt, die Haustür war ein Vorhang und jeder hatte so viel Zugang zum Haus wie die Luft, die durchgelassen wird.

Von nun an begann eine etwas andere Leidensge-schichte als die, die ich bisher in unserem ehelichen Zimmer erlebt hatte!

27

Das Streben nach Tugenden ist mühselig!

Eines Tages war ich alleine im Haus mit meiner kleinen Tochter. Während ich die Wäsche im Hof ge-waschen habe, stürmte der Schwager meines Mannes herein und vergriff sich an mir ... Ich habe geschrien, versuchte aus dem Haus zu fliehen, doch er war zu stark für eine schwache Frau wie mich. Wie durch ein Wunder Gottes schrie und weinte auch meine Toch-ter so laut, als würde sie spüren, in welchen Schwie-rigkeiten ich steckte. Unsere Hilferufe waren laut und reichten bis zum Himmel. Ein Mann aus der Nach-barschaft wurde darauf aufmerksam, eilte zu uns und rettete mich vor diesem Teufel, dem alkoholsüchtigen gottlosen Schwager meines Mannes!

Ich sagte es bereits und werde es zum tausendsten Mal erwähnen. Religion ist Manier und das Streben da-nach ist die Tugend.

28

Wer sich nicht fürchtet, zählt nicht zu den Mutigen, denn das Leben ist zu vielfältig, um es nur auf die Zeit zu reduzieren!

Als mein Mann an jenem Abend zurückkam, war ich noch bei den Nachbarn, die mich in Schutz genommen und gerettet hatten. Nachdem er erfahren hat, was sein Schwager angerichtet hat, war er sehr zornig und suchte Streit mit ihm. Und wieder einmal traf er die Entscheidung, ohne mich zu fragen, zu meinen Eltern zu ziehen. Meine Zustimmung oder Ablehnung waren Dinge, für die sich mein Mann nie interessierte. Dabei verfügte er nicht einmal über genügend Geld, um die Fahrt zu meinen Eltern zu finanzieren.

Er hatte es entschieden, als hätte er bereits mit der Zustimmung meiner Familie zu seinem Vorhaben gerechnet! So war er eben, sogar zu den engsten Mitmenschen. Es interessierte ihn nicht, was sie fühlten oder sagten, oder was sie dachten. Alles was zählte, war seine Person, sein Nutzen, seine Bedürfnisse und seine Gelüste.

N.N.s Würde wurde immer wieder in den Sand gewälzt.

29

Die nächste Geschichte ist auch erwähnenswert. Dessen Hauptfigur ist mein Mann, derjenige, der mir meinen Frieden genommen hat. Mein Mann hat einen Neffen, dessen Name Qaisar ist. Sein Neffe hatte qualvolle Tage in den letzten Monaten seines Lebens, er hatte Alpträume, die seinen Alltag dämmerten. Doch zu guter Letzt hat er bekommen, wonach er sich sehnte.

Er hatte es geschafft, die Familie seiner Geliebten von sich zu überzeugen, jene, die ihn mit der Sturheit des Meeres abgewiesen hat, trotz der Intervention von engen Freunden. Die Verlobung, die er sich viele Monate erträumt hatte, fand statt und wir waren wie alle anderen Anwesenden eingeladen. Mein Mann hatte aber nur böse Absichten, wie ich bereits erzählte, sein übler Ruf als Alkoholiker eilte ihm voraus. Er hat ständig den Gestank einer Bar an sich gehabt

Unsere Anwesenheit war eine Art Pflicht, der wir als Familie nachkommen mussten.

Jeder hat getanzt. Der Gesang der Menge reichte bis zum Himmel und der Ton der Trompete präsentierte vor allem die Freude der Herzen, bevor sie in den Gesichtern erkennbar wurde. Die Weingläser wurden zur Feier gehoben als Zeichen der Begrüßung und des Zusammenhalts mit dem Bräutigam, der nichts anderes sieht als das Bild seiner auserkorenen, wie eine wunderschöne Taube neben ihm sitzenden Frau. Sein Herz schlug schnell. Er betete zu Gott, dass die Nacht friedlich vorüber geht. Seine Nerven wirkten angespannt, während er versuchte, seine Emotionen zu unterdrücken, als hätte er auf einem Boiler gesessen, der jeden Moment hätte explodieren können.

Sobald der Alkohol in den Mund meines Mannes gelangte und er den Geschmack kostete, kamen die bösen Geister und Gedanken in seinen Kopf, so wie es immer der Fall war, wenn er unter Alkoholeinfluss stand. Beim dritten Glas stand er mitten in der Menge auf und schlug mit dem Fuß auf den Boden, als hätte er getanzt, er schwankte wie die Flamme einer Kerze, und mit ihm seine strubbeligen Haare, die wie die Fasern eines Maiskolben aussahen.

Er hob sein Glas an und nuschelte wie ein verkleideter Minister:

„Ich bin der Stier, der fauler ist als eine Schildkröte."

Er lachte mit einer außerordentlichen Spontanität und wurde lauter, als er den in seinem Sessel versinkenden Qaisar ansah, dem die Blamage im Gesicht anzusehen war, als wäre der Himmel mit dunklen Wolken bedeckt gewesen. Qaisar hatte diese Tragödie erwartet. Und dies war nur der Anfang …

Er machte weiter wie ein ungläubiger Dichter:

„Ich bin hier der Begehrteste von allen. Denn ich trete die Hochzeit der geschätzten und geliebten Braut meines lieben Neffen an."

Er brüllte jetzt mit lauter Stimme, als wollte er singen:

„Und jetzt sagt mir alle nach: Ein Toast auf das Brautpaar!"

Plötzlich änderte sich sein Ton und er jammerte:

„Wir haben ihn für einen Idioten gehalten, dabei hat er uns getäuscht. Er hat uns diese schöne Braut weggenommen und wir werden sie nie wieder sehen, möglicherweise wird er sie in einer Box verstecken!"

In einem drohenden Ton sagte er:

„Verwöhnst du einen Hund zu sehr, beißt er dich!"

Er brach in Lachen aus und schmatzte mit der Zunge wie eine Schlange, als er zu seinem Neffen sagte:

„Ich werde dich umbringen, du Unverschämter!"
Und fügte hinzu:

„Junge! Du bist geiziger als ein kleines Kind und du siehst aus wie ein Bock. Deine Nase ähnelt dem Schnabel eines Adlers und deine Art gefällt mir überhaupt nicht. Sie erinnert mich an die Art und die Hinterhältigkeit des Raben Noahs."

Er kicherte erneut: ha…ha…ha, protzte vor Stolz und konnte nicht glauben, solche tollen Beispiele in seiner raffinierten Rede bringen zu können.

Dann stand er direkt vor dem Bräutigam und sagte in einer trägen und erschöpften Stimme: „So bin ich eben. Ich begrüße meine Lieben auf meine Art."

Bestimmend schrie er in einer besorgniserregenden Lautstärke, während seine Augen auf den Bräutigam fixiert waren: „Fasse sie ja nicht an und tue ihr nicht weh! Denn wie du siehst, ist sie zart und schön wie eine Rose. Hast du verstanden?!"

Sehr geschickt zog er seine Pistole, als würde er ein Schwert hochheben, und zielte auf seinen Neffen, dann schoss er in die Luft und brüllte dabei wie ein blinder Wahnsinniger: „Ich hab dir gesagt, dass ich dich umbringen werde. Glaubst du etwa nicht, was ich dir sage?!"

Die Feier brach zusammen. Familien versuchten die Flucht zu ergreifen, ihre Kinder weinten vor Angst und Schrecken, die Musikband verließ ihren Platz und verschwand hinter den Kulissen.

Dieser Vorfall entspricht nur einer der vielen beschämenden Eigenschaften meines Mannes. Eigenschaften, die er als lustig betrachtet und zur Unterhaltung nutzt!

30

Mit großer Sicherheit kann ich behaupten, dass ein Orientalist sein Leben von den Schicksalen abhängig macht, obwohl ich der Meinung bin, dass man sein Schicksal selbst in die Hand nehmen sollte, genauer gesagt, man sollte seiner eigenen Situation Herr werden. Mir ist auch klar, dass das Universum von verschiedenen Lasten bewegt wird, einschließlich den Lebewesen, die wiederum von verschiedenen Faktoren dazu gedrängt werden, zu funktionieren und zu denken. Was mir fehlte, war ein Ziel vor Augen beziehungsweise der Vorsatz, ein Ziel in meinem Leben festzulegen. Ein Ziel, nach dem ich streben kann. Denn allein der Fokus auf ein Ziel bewegt den Menschen dazu, aktiv zu werden, nach Lösungen zu suchen und Chancen zu erkennen, um dieses Ziel zu erreichen. All das sind Motivatoren, die ziemlich schnell – schneller als man denkt – zum gewünschten Erfolg führen können. Der geistige Fokus auf das Ziel ist der heilige Weg zur Erfüllung jeden Wunsches. Dies ist die Feststellung, die ich zuletzt gemacht habe. Deshalb war mir bewusst, dass ich mich zuerst von meinen Fesseln befreien musste, denn solange sie mich binden, kann ich nichts bewegen. Nun hatte ich mir ein Ziel vor Augen gesetzt, nämlich das Lesen und Schreiben zu lernen, um dann arbeiten zu können. Letzteres ist die wahre Bedeutung vom Leben, es ist der Trank oder besser gesagt die Pracht des Lebens. Und sei es eine Illusion, die von der Wahrheit weit entfernt ist!

* * *

Mein ältester Sohn musste wieder die Schule verlassen ... Wir wohnten monatelang bei meinen Eltern und konnten unsere Ausgaben nicht finanzieren. Was mein Mann besaß, ging für den Alkohol weg. Letzteres beschäftigte ihn ständig und er konnte ihn ohne großen Aufwand beschaffen, er war wie der Sohn des Teufels und konnte sich ein Leben ohne Alkohol nicht vorstellen.

Mir wurde bald bewusst, dass meine Familie von unserer Anwesenheit überfordert war. So entschied ich mich, tagsüber als Frisörin in einem Damensalon zu arbeiten. Meine Kinder habe ich bei meiner Mutter gelassen. Ich begann zu arbeiten. Wenig später entschied ich mich einen Schritt weiter zu gehen und besuchte eine Abendschule für Analphabeten, wo ich das Lesen und Schreiben lernte. Ich war sehr glücklich, denn es fühlte sich an, als wäre ich in Gottes Paradies aufgenommen worden. Ich fand endlich zu mir, entdeckte die Stücke meines Selbst, die ich durch ein Urteil, das im frühen Alter über mich gefällt wurde, verloren hatte. Ein Urteil, dem ich gezwungen war Folge zu leisten, in der Überzeugung, dass dies mein vorbestimmtes Schicksal sei. Ich lag falsch, als ich das glaubte. Denn egal wie stark das Schicksal zuschlägt, der Mensch ist verpflichtet dagegen anzukämpfen, um Dinge, von denen man überzeugt ist, zu erreichen. Aufgeben bedeutet den inneren Tod im Leben. Diese bittere Erfahrung hat mich stark gemacht, sie hat mir beigebracht optimistisch zu bleiben, mit einer Seele, die an die Fähigkeit Gottes glaubt und sich nach Leben sehnt.

31

*Der feste Glaube an die eigenen Ziele bewirkt Wunder, und
das Streben danach ist eine Lehre für den Geist*

Ich wusste nicht, dass das Geheimnis darin lag, eine
Arbeit aufzunehmen. Es war die Lösung, besser gesagt,
das Wunder, das mich vor dem Ersticken im Schlamm
gerettet hat. Ich habe mich neu entdeckt und meine
Weiblichkeit und den Menschen, die ich dank meines
Mannes verloren hatte, zurückerobert.

Einfacher gesagt, hat mein Verstand wieder zu mir
gefunden. Auch meinem Herzen ging es wieder gut.
Alles fühlte sich an wie in der Zeit vor meiner Ehe ...
Ich war vom Staub der Zeit befreit.

* * *

Die Tatsache, dass ich stark genug war, meinem
Verstand zu folgen, führte zu großartigen Ergebnis-
sen. In meinen Augen und meiner Seele blühte das
Leben wieder auf, wie die Blüten in der Frühlingszeit.
Plötzlich hatte ich eine positive Denkweise und war
gegenüber vielen Dingen optimistisch gestimmt. Diese innere Kraft, die ich spürte, erweckte das Bedürfnis
in mir, meine Welt neu zu entdecken, wie ein neugeborenes Kind, das alles um sich herum neu erkunden
möchte. Ich fühlte mich wohl und glücklich! Ich hatte
großen Appetit auf das Leben und begann mich neu
zu organisieren, ohne Angst vor der Zukunft oder der

Überbelastung zu haben. Ich kann also voller Mut sagen, dass die Veränderung der eigenen Realität kein Hexenwerk ist. Viel mehr ist der Fokus auf die eigene innere Kraft und auf den eigenen Willen zu fixieren. Nur dadurch kann die von einem schwarzen Schleier verdeckte Realität enthüllt werden. Eine Realität, die mir als eine schwer durchbrechbare Illusion vorkam. Die Willenskraft ist das einzige, was unser Bewusstsein und unseren Fokus dazu bewegt, die Realität zu verstehen. Sie ist sogar einer der ersten Schritte auf dem Weg der Entwicklung und ist das Werkzeug für eine Veränderung im Leben, das uns zu innerlichem Frieden und Glück führt.

Ich schäme mich nicht zu behaupten: Intelligenz führt zur Glückseligkeit.

32

Ein wahrer König ist der, der sich in den Seelen seiner Untertanen verewigt hat. Stendhal

Dank der Arbeit konnte all das geschehen ... im Nachhinein wusste ich ganz genau, was zu tun ist. Mir war klar, dass wir das Leben führen und nicht umgekehrt das Leben uns. Unsere Worte sollen Gewicht haben, aber auch unsere Meinungen. Es ist unser Leben, das wir so leben und führen sollten, wie es uns passt.

Keiner ist Herr über uns außer Gott. Keine Macht darf uns bestimmen außer der Macht Gottes, der uns und das Universum erschaffen hat.

In dieser Zeit fühlte ich mich lebendig und wusste, dass ich wie alle anderen lebe, nämlich wie ein normaler Mensch mit Emotionen, Verstand und Gemüt. Mein Leben hatte sich komplett verändert.

Ich habe danach eine Entscheidung getroffen, die mein Leben in besonderer Weise beeinflusst hat. Eine Entscheidung, die so scharf sein sollte wie die Klinge des Sensenmannes. Eine, die den Weg zum Glück ebnete, für mich und meine Kinder. Ich hatte diese Entscheidung niemandem verraten und den für mich passenden Zeitpunkt abgewartet.

Die Erfahrung in meinem harten Leben hat mir beigebracht, wann und wie ich meine Beharrlichkeit zeige ... Alles hat sein Preis!

33

In den alten Zeiten sagte ein Denker: Brot verdienen sollte das Einzige sein, wonach wir streben sollten. Je weniger Bedürfnisse ein Mensch hat, desto glücklicher ist er. Je mehr Ansprüche gestellt werden, umso mehr beschränkt sich seine Freiheit.

Obwohl sich mein Mann seiner verzerrten Wahrnehmung bewusst war, hat er immer darauf bestanden im Recht zu sein.

Immer wieder kehrte er zu dem Punkt zurück, an dem er dies feststellte. Er machte jedesmal so lange weiter, bis er wieder zu derselben Feststellung kam und empfand es weder als ermüdend noch belastend, wie ein Teufel.

* * *

Als Autor, möchte ich erwähnen, dass die Heldin dieser Geschichte ein Herz hat wie glühende Asche; ihre Stimme ist wunderschön und ist zum Singen geeignet. Ihre Welt besteht aus Sorgen. Sorgen sind wie ein fliegender Teppich, der sich unter den Menschen wogt.

* * *

Das Spannende und zugleich Erstaunliche in N.N.s Geschichte ist ihre Feststellung, dass sie als allererstes Frieden mit sich schließen muss, um der Außenwelt gewachsen zu sein! Sobald ein Mensch diesen Zustand erreicht, steht dem eigenen wahren Glück und der Zufriedenheit nichts mehr im Wege …

34

Achtung! Diskrepanzen und Unterschiede sind ein Nährboden für Hass!

Die Einziehung meines Mannes in jenen Krieg, der Irak und Iran in Flammen setzte, war eine Erleichterung, die ich nicht verstehen konnte.

Der Kampf, den ich für meine Kinder und gegen das Leben angetreten habe, war plötzlich viel leichter, als ich zuvor geglaubt habe, viel ehrwürdiger als der erlebte innere Tod mit meinem Mann … Ich fühlte meine

Existenz und erkannte meine Identität. Ich erkannte mich als Mensch mit Gefühlen und Verstand, wie Gott mich erschaffen hat. Ich war Herr meines Selbst. Mir war bewusst geworden, dass ich produktiv sein kann, dass ich denken kann und dass ich meine eigenen Entscheidungen nach meinen Prinzipien und Fähigkeiten treffen kann. Bei all diesen Gedanken war das Wohl meiner Kinder an vorderster Stelle. Mein Leben ist dadurch stabiler geworden. In dieser Zeit lebte ich wieder bei meinen Eltern, ohne meinen Mann.

Es war das erste Mal in meinem Leben, dass ich mich sicher und geborgen fühlte. Seltsamerweise konnte ich meine Kinder herzhaft lachen sehen. Sie tobten sich aus und waren frei. Sie gingen zur Schule und waren glücklich dabei. All das war Grund genug, um jene Entscheidung zu treffen, von der es kein Zurück gab.

Verzweiflung ist keine Option, wenn man am Leben festhalten möchte. Denn ohne Streben gibt es kein Leben.

Auf dieser Weise habe ich mich motiviert, als wäre ich neu geboren, mit neuen Ideen. Denn jede kreative Lösung im Leben beginnt mit einer Idee. Zuerst die Idee, dann folgt die harte Arbeit, um diese Idee umzusetzen und in etwas Reales zu verwandeln, das den Menschen auf dieser Erde zu Gute bringt. Eine einfache Philosophie, die mir früher nicht bekannt war. Ich habe fest an sie geglaubt und hielt an allen Fäden fest, damit ich sie nicht aus den Augen verliere. Damit ich mich nicht wieder verliere ...

35

Nichts ist schwieriger als das Vertrauen des anderen zu gewinnen.

Dem Gott sei Dank ... was für ein unbeschreiblich schönes Gefühl. Ich habe mich in meiner Arbeit bewährt und wurde übernommen. Für meine Vorgesetzte war ich unverzichtbar und mein Einkommen war auf das Doppelte erhöht worden ...

Parallel dazu habe ich regelmäßig die Abendschule für Analphabeten besucht. Ich konnte es kaum fassen, dass ich allmählich Lesen und Schreiben lernte. Was mir geschah, war sowas wie ein Wunder. Total verwirrt fragte ich mich hin und wieder, wie all das in so kurzer Zeit passieren konnte, nach all den Jahren der Ungewissheit und des Elends?! Jahrzehnte lang hatte ich nicht eine Sekunde das Gefühl am Leben zu sein. Ich atmete zwar, und mein Herz schlug wie das aller anderen Menschen, aber ich hatte unentwegt große Angst, so dass ich fast am Durchdrehen war. Ich war ständig nervös und reizbar.

So war ich aber nicht großgezogen worden. Es war nicht mein eigentliches Wesen. Meine Ehe hat mich in eine verrückte Mumie verwandelt, die sich lediglich bewegt und ihre Arbeit erledigt, weil das die Pflicht war, der sie nachzukommen hatte.

Aber die Situation ist mittlerweile eine ganz andere. Vieles hat sich geändert, in einer unglaublichen und unbeschreiblichen Weise. Ist all das allein auf die

Arbeit zurückzuführen, die zu meiner Selbstachtung beigetragen hat? So schnell? Ein Wimpernzucken? Es fühlte sich an wie Magie, wie Stromwellen, unsichtbar, aber stark, spürbar, ein gefährlicher Stoß, der bei dem kleinsten Kontakt entstehen könnte!

Lieber Gott, ich fühle mich von Glück umgeben und zu ihm hingezogen. Ich laufe dem Glück hinterher, tauche wehrlos ein in die Tiefe. Ein reizendes Gefühl, schön wie ein Traum, zeitlos ... nie zuvor habe ich es gekostet!

36

Die Reinheit der Seele und die Befreiung der Gefühle von Verlogenheit und Feindseligkeit sind die Schlüssel zur ewigen Jugend. Und letzteres strahlen wir durch unsere Gesichter für die Ewigkeit aus.

Wenn mein Mann seine freien Tage vom Militärdienst bei uns verbrachte, benahm er sich wie immer beschämend. Sein Verhalten verletzte mich einfach tödlich. Die Situation verschlimmerte sich, nachdem er wusste, dass ich die Schule besuchte und mich weiterbildete, um mein Analphabetentum zu bekämpfen. Die Tatsache, dass ich zur Arbeit ging, hat ihn nicht gestört, obwohl er auch nicht erfreut war. Er betrachtete mich als eine Einnahmequelle und nahm sich alles, was er wollte. Ehrlich gesagt, war ich sehr großzügig zu ihm, um auf diese Weise Konfrontationen zu vermeiden und den Frieden zu wahren.

Doch meine Bildung hat er mit allen Mitteln, aller Kraft und Bosheit versucht zu verhindern. Er übte jede Art von Misshandlung aus – die Schlimmste werde ich noch erzählen und beschreiben ...

Er hat sich nicht geändert und hegte nicht einmal den Gedanken, sich zu ändern. Jedes Mal tat er etwas, das dreckiger und abscheulicher war als seine vergangen Taten.

37

Glaubt mir, das Erstreben ist – neben Manieren – die Tugend an sich. Nicht die Religion!

Eines Abends wartete mein Mann vor der Schule, bis ich herauskam, denn ich weigerte mich seinen Befehlen zu folgen. Er kam mir von hinten nahe, vor allen anderen Frauen, packte mich an der Schulter und zog mich mit Wucht zu sich. Als ich mich umdrehte, um zu erkennen, wer denn so etwas mit mir wagte, sah ich ihn zu meiner Überraschung. Seine Augen waren hasserfüllt, ich werde seinen Blick niemals vergessen, solange ich lebe. Es war wie der Blick eines verletzten Tigers oder einer aggressiven Schlange oder Ähnliches. Es fällt mir schwer die passende Beschreibung zu finden.

Plötzlich schlug er mich mit voller Kraft in mein Gesicht, so stark, dass ich auf den Boden fiel. Ich habe dieses Verhalten nicht erwartet, doch damit war es nicht getan, denn er zog mich an meinem Kleid und schleppte mich, als würde er einen Anker ziehen, mit einer erdrückenden Narrheit.

Ich schrie um Hilfe, wünschte dabei aufrichtig und ehrlich den Tod. Dieser peinliche Moment an sich war der Tod selbst. Mein Kleid rutschte über meine Knie, ich kam mir nackt vor. Ich fühlte mich wie ein Lamm, das ohne Gnade zum Schlachten geschleppt wird. Er ließ mich erst dann los, als ich ihm das falsche Versprechen gab, nie wieder in die Nähe der Schule zu kommen …

Er ließ mich auf der Straße zurück. Ich war eine Ertrinkende, die gerade noch rechtzeitig aus dem Meer gerettet wurde. Ich befand mich zwischen Leben und Tod, blutete stark, unwissend, woher das Blut ausfloss, weinte verkrampft und schrumpfte zusammen, als hätte mir jemand einmal mehr meine Jungfräulichkeit erbarmungslos vor aller Augen weggenommen!

Dies war der letzte skandalöse Moment, den ich über mich ergehen ließ. Nun war es an der Zeit, eine endgültige Entscheidung zu treffen, und ich verließ mich dabei auf den Barmherzigsten aller Barmherzigen, gepriesen und erhaben sei Er, der gütige Gott.

38

Nach diesem erniedrigenden Ereignis habe ich mir geschworen, mein Leben nun völlig und in jeder Hinsicht selbst in die Hand zu nehmen, nach dem Motto: Ich lernte den Kopf der Schlange zu essen. Ich bin selbstbewusst über mich und mein Verhalten geworden, und dies kam nicht aus der Leere, aus Egoismus oder Dominanz. Nein.

Jeder, der meine Geschichte mitbekommen hat, wird Verständnis und Respekt zeigen gegenüber mir und dem, was ich tun werde.

Instinktiv war mir bewusst, dass Brot verdienen die Voraussetzung für die Freiheit eines Menschen ist. Mir war aber auch klar, dass die Würde eines Menschen viel wichtiger ist als alles Materielle auf der Welt. Menschlichkeit ist etwas Heiliges, das unantastbar und unverletzlich sein soll.

Eines Tages hatte ich ein Vier-Augen-Gespräch mit meiner Mutter, um sie über mein Vorhaben zu informieren. Ich erzählte alles in direkter Weise und war furchtlos dabei. Warum fürchten? Und vor wem soll ich mich noch fürchten?

Ich habe gearbeitet und nach Bildung gestrebt, meine Kinder hatten ein menschenwürdiges, reines Leben. Sollte ich diese Resultate ignorieren? All das habe ich ohne meinen Mann hinbekommen. Und das ist schlicht und einfach der Kern meines Anliegens gewesen. Ohne zu zögern sagte ich:

„Meine liebste Mutter, deine Unterstützung werde ich nie vergessen, aber es ist an der Zeit dir ehrlich zu sagen, was in meinem Kopf vorgeht ..."

In sanfter Stimme sagte sie:

„Erzähl mein Kind, was hast du vor?"

„Ich möchte mit den Kindern wegziehen, alleine in einer Wohnung leben. Was du für uns getan hast, ist mehr als genug, und wie du schon weißt, verdiene ich mein eigenes Geld durch meine Arbeit. Mein Einkommen befähigt mich meine Ausgaben zu decken. Ich habe mich entschieden, ein normales Leben zu führen, in einer eigenen Wohnung ...“

Bevor sie mich unterbrach, fügte ich hinzu:

„Das ist die eine Sache. Die viel wichtigere Sache ist, dass ich mich entschieden habe, mich von meinem Mann scheiden zu lassen ...“

Dann wurde sie still, wahrscheinlich, weil ihr bewusst wurde, wie stark ich geworden war. Die Kraft, die ich besaß, entstand durch meine Arbeit und meine Bildung, aber auch durch meine Erfahrung und meine neue Sichtweise auf das Leben. Das Fernglas, von dem aus ich das Leben sah, war zuvor auf den Sichtwinkel meines Mannes ausgerichtet. Jetzt aber konnte meine Mutter mich nicht mehr hindern, und mein Mann erst recht nicht. Wer mir widerspricht, trinkt vom Meer oder schlägt seinen Kopf gegen die Wand. Aber ich gehorche nicht mehr, denn ich rebelliere und bin nicht aufzuhalten. Meine Rebellion widme ich dem Menschen in mir, meiner Würde und einem reinen Leben für mich und meine Kinder. Und all das fällt unter den Willen Gottes, über das Schicksal seiner Schöpfung, und seiner Entscheidung über mein Schicksal werde ich nicht widersprechen.

Für einen kurzen Moment dachte meine Mutter nach und sagte schließlich:

„Dein Mann ist ein Tyrann. Gott duldet weder Tyrannen noch ihre Tyrannei. Geh deinen Weg, solange du der festen Überzeugung bist, dass es der richtige ist, und Gott wird dein barmherziger Begleiter sein. Da bin ich mir ganz sicher.“

Sobald diese Worte aus ihrem Mund kamen, brach sie in Tränen aus. Ich stand auf und küsste ihre silbernen Haare, dankend für ihre mutige Haltung.

39

Der Tod ist nicht annähernd so erdrückend wie gefangen zu sein.

Bereits in den achtziger Jahren des letzten Jahrhunderts versuchte das repressive Regime unseren Nationalstolz zu unterdrücken. Ganz genau. Das Regime entführte unseren Nationalstolz, verbannte es, und zwang uns es zu verdrängen. Auch unsere Zugehörigkeit zur orientalischen Welt wurde uns weggenommen. Und so fühlten wir uns – in unserem Geburtsland – als Fremde, bevor wir es verließen!

Das Gefühl, von dem Land flüchten zu müssen, dem man sich zugehörig fühlt, ist sehr bitter, sehr hart, und sehr frustrierend. Unser Land konnte uns weder beschützen noch unsere Rechte als Menschen verteidigen, wie etwa die Wahrung unserer Würde und ein Leben in Freiheit. Folglich fühlten wir uns gezwungen, die Heimat hinter uns zu lassen. Dies war dennoch eine faire und notwendige Lösung! Die Erleichterung, die wir spürten, war wie Feuerflammen, die euphorisch in die Höhe gehen. In diesem Moment haben wir eingesehen, dass unser Leben ohne unseren Glauben an Gott unmöglich gewesen wäre. Denn die Kraft zum Überleben ist nicht abhängig von der Vergangenheit, sondern von der wahren Realität! Realität wird sichtbarer, sobald die Angst in den Hintergrund gerät. Die Angst ist nämlich dann überwältigend, wenn der Mensch nicht an seine Fähigkeiten und die seiner Mitmenschen glaubt. Aber das Leben hat uns gezeigt, dass wir wie die Sterne im Himmel funkeln können, wir glühten wie leuchtende Vögel aus Feuer, mit dem Himmel vereint, und somit mit unserem Selbst in Frieden. Wir hingen an dem Motto „Solange Verzweiflung herrscht, ist dies ein Zeichen des Daseins, denn unsere Probleme beginnen mit der Entstehung der Hoffnung in uns". Verzweiflung zwang uns zu tätig zu werden, und Agieren ist die Lehre für den Verstand, und Letzteres ist der Herrscher des Universums!

* * *

Ich bin „N.N.", eine leidende, irakisch stämmige Frau, genauer gesagt, ich war diese Frau. Ich bin die Heldin dieser Geschichte. Am Ende meines fünften runden Alters lebe ich glücklich in der Nähe meiner Kinder und meiner Enkelkinder, vollkommen zufrieden. Mir fehlt nichts außer der Fähigkeit, die schmerzhaften und beschämenden Erinnerungen aus meinem Gedächtnis zu löschen, die zwischen der Zeit, in der ich ein tödliches Leben im Irak führte, und meiner und der Reise meiner Kinder zum anderen Ende der Erde, um dort Freiheit und Frieden zu finden und ein reines Leben zu führen.

Ich überlasse die Erzählung dem Autor dieses Buches, der mir versprochen hatte, diese auf seine

Art in Form eines Romans festzuhalten ... Ich möchte noch ein paar Worte zum Verlauf meiner Scheidung sagen und über die ironische Situation im Gerichtssaal erzählen, in der der Richter in Lachen ausgebrochen ist und mich schließlich unterstützt hat. An dieser Stelle möchte ich Folgendes sagen:

Bereits im ersten Gerichtstermin endete die Verhandlung mit einem fairen Versäumnisurteil über meinen Scheidungsprozess. Ich erhielt dabei Unterstützung von meinem aufrichtigen, mittlerweile verstorbenen Onkel „Dakhil" – möge er in Gottes ewigem Frieden ruhen – und meinem kleinen Bruder „Hisham", der mich nie im Stich gelassen hat. Die Gründe für meine Scheidung sind bereits im Rahmen meiner Erzählung mitgeteilt und wurden mit Hilfe meiner Freundin „A. F.", die ich wegen meines schwachen schriftlichen Ausdrucksvermögens um Unterstützung bat, in schwedischer Sprache niedergeschrieben. Mittlerweile beherrsche ich die schwedische Sprache gut.

Meine Geschichte habe ich an Herrn Wali, den Autor, zur Veröffentlichung überreicht.

Die erbarmungslose Hitze schlug bereits in den Morgenstunden zu, als die langersehnte Gerichtsverhandlung kurz vor ihrem Vollzug war. Ich saß auf der vordersten Seite des Gerichtssaals, begleitet von meinem Onkel. Mein kleiner Bruder wartete draußen und schlief beinahe ein, er gähnte vor Langeweile ...

Der Gerichtsdiener kündigte mit seiner schrillen Stimme die Sitzung an.

Die Anwesenden im Saal erhoben sich, als die Richter mit ihren formellen Gewändern in den Saal eintraten und anschließend ihre Plätze einnahmen. Direkt danach setzten sich die Anwesenden hin, als würden sie die Gesten der Richter nachahmen!

Der Richter, der in der Mitte des halbrunden Richterpult saß, machte sich einen Überblick über den Inhalt der eingereichten Unterlagen und forderte den Gerichtsdiener auf, meinen kleinen Bruder als Zeugen zu holen.

Der Gerichtsdiener kam der Forderung nach und schrie in lautester Stimme:

„Der Zeuge „Hisham N."„

Mein Bruder trat angsterfüllt und mit schweren Schritten in den Saal, er gähnte erneut, während er seine Umgebung analysierte. Dann fokussierte er seinen Blick schließlich auf meinen Onkel. Er fühlte sich durch seine Anwesenheit sicherer.

Der Richter sprach mit einem bestimmenden Ton zu ihm:

„Sage: Ich schwöre bei Gott, ich werde die Wahrheit sagen."

Unsicher und verängstigt blickte mein Bruder um sich herum und sagte:

„Ich werde die Wahrheit sagen, ich schwöre bei Gott!"

Der Richter:

„Ich habe meinen Satz deutlich gesagt und alles, was du tun solltest, ist diesen mir nachzusagen, so wie du es von mir gehört hast. Wenn du ehrlich und nichts als die Wahrheit sagen möchtest, dann sag mir bitte nach: Ich schwöre bei Gott, ich werde die Wahrheit sagen."

Mein Bruder:

„Ich schwöre bei Gott, ich werde die Wahrheit sagen."

Er sagte diesen Satz mit einem vorgegaukelten Mut. Der Richter begann meinen Fall und meine Aussagen vorzulesen und erwähnte dabei meine Forderung gegen meinen Mann, von dem ich mich scheiden lassen wollte. Als er mit seinem Teil zum Schluss kam, befragte er meinen Bruder:

„Sage bitte deinen Namen und dein Alter."

Der Kleine musste sich aufgrund der Art und der Ernsthaftigkeit des Richters das Lachen verkneifen. Die Situation als Ganzes hatte eine von Spannung und Gefügigkeit geprägte Aura gehabt. Mein Bruder antwortete:

„Ich heiße „Hisham N." und bin achtzehn Jahre alt."

Der Richter:

„Was weißt du über diesen Fall?"

Er stellte die Frage, während er durch seine dunkle Sehbrille blickte, die fast auf der Spitze seiner kleinen Nase saß. Man hätte meinen können, er hätte blaue Augen gehabt.

Mein kleiner Bruder starrte ihn verwundert und überfragt an und sagte erstmal nichts. Das Warten dauerte zu lang und die Stille ebenso, als wäre mein Bruder müde vom Reden gewesen!

Der Richter:

„Mein Junge! Ich bat dich darum, mir und den verehrten Anwesenden im Saal alles zu erzählen, was du über den Fall deiner Schwester weißt. Der liebe Gott bescherte mich mit Geduld, damit ich nicht sofort zornig werde, während ich eine Person befrage, die nicht mit einem Verstand gesegnet ist!"

Der Ton des Richters jagte meinem Bruder mehr Angst ein, so dass er nur noch zu mir blickte. Ich sah ihn an mit einem bettelnden Blick, in der Hoffnung, dass er endlich redet und dadurch seine verborgene Liebe zu mir als seine Schwester wecke! Mein Onkel wendete ihm einen fragenden Blick zu, schließlich sagte dieser entschieden:

„Hisham! Würdest du bitte dem verehrten Richter über das Leid, das deine Schwester mit ihrem ständig betrunkenen und chaotischen Mann durchmachen musste, aufklären? Sage es ruhig! Habe keine Angst und zögere nicht!"

Mein Bruder antwortete:

„Ja, ich werde alles sagen, was ich weiß."

Und wieder zögerte er, als hätte er vergessen, was er sagen wollte. Er gähnte kurz und sagte in einem sarkastischen Ton:

„Verehrter Richter! Ich bin der kleine Bruder von N.N. Sie lebt seit nicht allzu langer Zeit bei uns, nach dem sie wieder mal einen Streit mit ihrem Mann gehabt hat und sich zu uns wandte."

Wieder suchte er das Schweigen und blickte dabei mich an. Mein Onkel konnte seinen Zorn nicht zurückhalten. Unser Anwalt musste intervenieren, in dem er sagte:

„Was soll das Hisham?! Du sollst ehrlich sein, bei dem, was du erzählst. N.N. ist letzten Endes deine Schwester und du bist verpflichtet, sie vor dem Übel ihres Mannes zu beschützen und nicht ..."

Der Richter ließ ihm nicht genügend Zeit, um seinen Satz zu beenden und unterbrach ihn mit einer Entschlossenheit:

„Bitte versuchen Sie nicht die Aussage des Zeugen zu beeinflussen. Setzen Sie sich hin, wir möchten fortfahren."

Er zeigte mit seinem Arm, der die Länge eines Paddels hatte, auf meinen Bruder und sagte:

„Fahre fort mein Junge."

Mein Bruder war zornig, er ließ die Angst und das Zögern hinter sich, als wäre ihm eine Offenbarung übermittelt worden. Er befreite sich von seiner Schüchternheit und der Verwirrung, und sagte schließlich:

„Verehrter Richter, ich bin noch ein Schüler, der erfolglos und vergeblich versucht, sein Abitur zu machen! Ich habe trotz der Hitze, die uns bereits in den Morgenstunden überwältigte, tief geschlafen. Mir hat die Hitze nichts ausgemacht, ich hatte dennoch einen angenehmen und tiefen Schlaf und es fühlte sich paradiesisch an!"

Er schwieg für einen Moment und blickte dabei zu mir, die ich mit blanken Nerven dastand. Er zeigte kein Mitgefühl, als er sagte:

„Ich wachte zu der Stimme meines Onkels auf. Er sagte: „Wach auf du fauler Sack, du bist unfähig, mit anderen mitzufühlen ... Wach auf! Deine Schwester braucht deine Hilfe. Steh auf, wir dürfen uns nicht verspäten ...“

Ich stand auf, verehrter Richter, bin jedoch immer noch nicht wach! Wie Sie sehen, gähne ich noch, als wäre ich reif für einen neuen Schlaf. Man hat mir weder gesagt, wo wir hingehen noch worum es geht. Ich wurde hergebracht, wie ein Gefangener, der zu seiner Befragung gezwungen wurde! Bis zu diesem Moment war mir nicht klar, warum wir hier sind. Ich war noch nie zuvor in einem Gerichtssaal! Und nun können Sie hoffentlich meine Schüchternheit und meine Situation verstehen."

Wieder schwieg er für einen Moment, als würde er sehen wollen, inwieweit seine Worte Einfluss auf den Richter ausübten. In einer emotionalen Art fügte er hinzu:

„Ich hoffe, dass der liebe Gott mir mein schlechtes Benehmen und meine nutzlose Faulheit verzeiht!"

Der Richter unterbrach ihn, zeigte aber deutlich sein Mitgefühl:

„Du bist hier lediglich als Zeuge geladen worden. Wir möchten nur erfahren, was du über die Beziehung deiner Schwester zu ihrem Mann weißt. Wir verlangen nicht das Unmögliche. Also sprich mein Junge, sage uns, was du weißt, und keiner wird dich dabei unterbrechen ..."

Mein Bruder sah mich ratlos an, aber plötzlich redete er wie ein geübter Redner, ohne Unsicherheit. Er setzte all seine Sinne ein, als würde er sich auf das Fliegen vorbereiten. In seinem vollen Bewusstsein sagte er:

„Na gut, ich werde die Situation meiner Schwester, die ich aufrichtig liebe, schildern, und ihre Beziehung zu ihrem vermeintlichen und unerträglichen Mann kurz erklären: Der Mann meiner Schwester war ein unanständiger, verrückter Kerl. Seine Haut neigte zum rötlichen Ton und sein Körper – Gott bewahre - roch nach verbrannter Feder.

Meine Schwester wohnte bei seiner Familie, in einem Zimmer, das so klein war wie ein Backofen. Seine Bande – Verzeihung – seine Familie war nicht anders als er, versteht nichts vom Leben und sie tun nichts anderes als sich zu betrinken, zu sündigen und auf vulgäre Art zu reden. Und dies ist die einzige Erfüllung in dieser Familie. Was erwarten Sie – verehrter Richter – von einer Person wie diesem Mann? Wie soll so eine Person Gutes tun oder etwas Produktives vollbringen? Unmöglich! Alles Weitere im Alltag solch einer Person können Sie sich wohl vorstellen. Wenn er in seiner Trunkenheit mit seinen vulgären Worten jemanden beleidigte, war er fest von sich überzeugt. Er fühlte sich wohl wie ein Dichter, der seine Sünden predigte. Er sprach mit einem drohenden Ton, er war einfach schrecklich, abscheulich und unerträglich. Nie machte er sich Gedanken über Frau und Kinder. Seine Leidenschaft lag im Alkoholkonsum und dem Verkehren mit Frauen. Vor allem betete er ständig, dabei Erfolg zu haben, anstatt dass er um Vergebung betete oder nach Veränderung strebte. Sein Interesse lag hauptsächlich darin, so viel Geld wie möglich anzuhäufen, wollte aber nicht dafür arbeiten. D.h. er wollte ernten, bevor er überhaupt etwas säte."

Mein Bruder hörte plötzlich auf zu reden, weil er bemerkte, dass er vielleicht die Grenzen überschritt, als er so offen über die Situation sprach. Der Richter hatte allerdings eine andere Haltung. Er drehte sich kurz nach links und nach rechts zu seinen Kollegen, schlug mit seinem Hammer auf das Pult und sagte: „Die Sitzung wird für eine Beratung kurz unterbrochen!"

Wenige Minuten später traten die Richter wieder in den Saal ein, und der Richter sprach das Urteil meiner berechtigten Scheidung aus. Mein langersehnter Wunsch über die letzten Jahre, die von Schande und Demütigung geprägt waren und in denen ich wie eine Sklavin behandelt wurde, ist mit dem Urteil in Erfüllung gegangen.

Die Freude meines großartigen Bruders über das Urteil des Richters und über seine Tat, trotz seines Zögerns am Anfang, war kaum zu übersehen. Er war stolz auf sich, in einer beachtenswerten Art, als hätte er alle Berge und Bergspitzen auf diese Erde erschaffen … Um ehrlich zu sein, hat er diese wunderbaren Gefühle verdient, denn er ist sehr im Reinen mit sich selbst …

* * *

Und an dieser Stelle freut es mich, die Kurzgeschichte zu überliefern, die mein Bruder Hashim mir schenkte, damit sie als ewiger Schatz bei mir bleibt. Sie sollte mein Leben, das voller Kummer und Trauer war, etwas erträglicher machen. Sie sollte zumindest einen Teil meiner schweren Lasten wegnehmen, die ich mit der Überschrift „Der Mensch und die Religionen" versehen würde.

Die Kurzgeschichte meines Bruders erzählt über mein tägliches Leben und zeigt seine hervorragende Fähigkeit, unsere orientalische Gemeinschaft konstruktiv zu kritisieren. Diese Geschichte erschütterte mich in dem Moment, in dem ich sie aus seinem Mund hörte. Sie ist stark, weise und einflussreich durch die Tatsache, dass sie mein tiefes Inneres berühren konnte. Sie stellt die alltägliche Realität der orientalischen Gesellschaft dar und beginnt mit folgendem Dialog:

Die Religionen schrien alle gemeinsam und fragten zornig:

„Warum greift ihr uns an?"

Eine durchdachte und ruhige Antwort kam zurück:

„Wir greifen niemanden an, ganz im Gegenteil, ihr greift uns an, und wir sind damit beschäftigt, uns zu verteidigen. Ihr mischt euch in unser Leben ein, verderbt unsere Träume und unsere Ruhemomente. Ihr bestimmt unser Leben durch die vielen Tabus, die nicht einmal der liebe Gott den Menschen auferlegen würde. Euch selbst ist alles legitimiert, was ihr anderen verbietet. Ihr habt die Menschen gespalten und in Gruppen und Völker geteilt, und ihr habt es so weit gebracht, dass Mitglieder einer Familie sich gegenseitig anfeinden und abschlachten. Soll ich dazu Beispiele nennen? Ich kann euch sagen, wer seine Familie durch eure Anstiftung vernichtet hat. Ich kann dazu Namen nennen! „

Schmerzerfüllt bemerkte er:

„Ist dies das, was von Gott geduldet und verkündet wurde, wie ihr es behauptet? Ihr habt euch durch die Ausrede verbreitet, Menschen ungezwungen den Weg zur Besinnung zu zeigen, und seid in eine Alleinherrschaft auf diese Erde übergegangen, unter der Tarnung, dass ihr im Namen des Schöpfers handelt!"

Die Religionen unterbrachen ihn mit ihrer gewöhnlichen Art. Sie waren enttäuscht, antworteten aber mit einem Ton, der eine klare Drohung verbarg:

„Willst du etwa damit sagen, wir seien Gotteslästerer und wären weniger Wert als das, wofür Gott uns auserwählt hat? Du willst behaupten, dass wir nicht dafür auserwählt wurden, Gerechtigkeit, Wohltaten und Barmherzigkeit bei den Menschen zu verankern?"

Sarkastische Antwort:

„Habt ihr etwa Zweifel daran?"

Die Religionen:

„Beweise uns deine Behauptungen, und wir werden eine Entscheidung über dich fällen, nach dem wir deine Beweise analysiert haben!"

Er sagte:

„Gott ist ein großartiger, kreativer Schöpfer mit einer Barmherzigkeit, die euch fremd ist. Mir genügt die Aussage, dass die Bestandteile von Luft und Wasser seit der Schöpfung dieser Erde unverändert blieben. Und dies ist ein deutlicher Beweis für die Liebe Gottes zu seinen Lebewesen, die er nackt erschaffen hat, damit sie genauso nackt zu ihm zurückkehren. Gott verabscheut Tarnung und Fälschung. Er kreierte die Natur in ihren wunderschönen sieben strahlenden Farben, schuf hohe Berge und verfestigte sie dank seiner Weisheit, entfaltete die Erde und ebnete sie, so dass sie eine Nahrungsquelle für Menschen und Tiere wurde. Denn wir säen, damit wir ernten, wir streben, um zu erreichen. Gott befahl uns nicht, unsere Geschwister zu töten, er verabscheut Gewalt. Gott wiedersprach sich nie. Er schuf keine Lasten, um sie dann getarnt für sich in Anspruch zu nehmen. Er hat uns weder mit Magie noch mit Dämonen, Gespenstern und Teufeln getäuscht. Der Erste schlug mit seinem Stab das Meer und es teilte sich in zwei Hälften! Während der Zweite das Wasser zu Alkohol verwandelte, starb und wieder in das Leben gerufen wurde, und keiner weiß, wie das passieren konnte! Und der Dritte wandert in Ländern mit einem Wimpernzucken und kehrt wieder zu seinem Platz zurück, und sein Bett ist dabei immer noch warm! Bitte sagt mir, warum ihr zu solchen Beweisen und Beispielen greift? Ein ehrlicher Mensch hat so etwas nicht nötig, um seine Wahrhaftigkeit zu beweisen."

Die Religionen wurden nervös, als sie diese Rede hörten, und versuchten den Worten zu entkommen, indem sie ihn als Schuldigen darstellten. Sie entschieden sich, auf die Diskussion einzugehen, mit der Absicht, ihn zu erniedrigen. Prahlerisch stellten sie die Frage:

„Was weißt du über unseren Kern, damit du mit solch einer Frechheit über uns sprichst, Kleiner?"

Er antwortete:

„Ich bin nicht der Kleine! Ich bin das Geschöpf Gottes, frei von einschränkenden Regeln, solange ich keinem etwas Schlechtes zufüge und in die Intimität anderer eingreife. Solange meine Taten nicht meinen Worten widersprechen, ich nicht hinterhältig bin und nur die Wahrheit ausspreche, so wie Gott es vorgesehen hat, als er mich schuf! Wie kann es sein, dass Gott ein Lebewesen kreiert, aber nicht mit ihm kommunizieren kann? Ein Vater muss nicht die Nachbarn einschalten, um mit seinem Sohn zu kommunizieren!

114

Ich liebe Gott und ich akzeptiere ihn als Schöpfer, er lebt tief in meinem Gewissen, und meine Liebe ist unteilbar, sie gilt allein für ihn. Ich habe mich nie einem Felsen oder Gestein zugewendet, wie ihr es tut, und meine Worte werden in Taten umgesetzt. Schaut euch nur die Klagemauer an. An dieser Mauer hinterlasst ihr Tränen und Küsse, abgesehen davon, dass ihr auch noch Holzstäbe und das Metall, aus denen eure heiligen Symbole hergestellt werden, an eure Brüste hängt. Als würden eure Tränen und Küsse an den Fenstern der heiligen Gräber nicht genügen ...“

Die Religionen konnten ihren Ohren nicht glauben und schrien ihn unterbrechend an:

„Fasse dich kurz! Deine Aussagen beinhalten viele Sünden, die du zu verschulden hast!“

Seine Antwort:

„Das ist eine Gewohnheit in euch, ihr duldet keine Kritik, akzeptiert keine Meinung, die anders ist als eure, und wer eurer Konfession nicht folgt, wird getötet oder verbannt, oder muss mindestens mit Beschimpfungen und übler Nachrede rechnen. Passiert dies nicht häufig?“

In einem freundlichen Ton fuhr er fort:

„Ich werde auf euren Wunsch eingehen, etwas zu eurem Kern erzählen. Hört also gut zu:

Das Alte Testament umfasst Aufzeichnungen von tausend Jahren. Deren Inhalt kann weder von einem normalen Menschenverstand akzeptiert noch vom Allmächtigen angenommen werden. Zum Beispiel, dass die Propheten sich mit ihren eigenen Töchtern gepaart haben! Dann folgte das Neue Testament beziehungsweise es folgten die vielen neuen Testamente, die von der obersten religiösen Autorität in vier Gattungen unterteilt und zur Verfügung gestellt wurden. Die anderen Gattungen durften nicht das Licht sehen und schon gar nicht verfügbar sein. Danach kam eine neue Ära, in der die Reichen die Macht über die Armen hatten, beziehungsweise die Schwachen waren den Stärkeren untergeordnet. Als Nächstes entstand die Geschichte der Feldzüge, in der das dritte Khalifat mit seinem grenzenlosen Reichtum und seiner Macht die vier Bücher abgeschafft hatte, die von Omar´s Tochter (der zweite Khalifat), Ubaiy ibn Ka´b (Freund des Propheten Mohammeds), Abdallah ibn Mas´oud (Gefährte des Propheten Mohammeds) und Ali ibn Abi Talib (Vetter und Schwiegersohn des Propheten Mohammeds). All diese Bücher und Schriften wurden entzogen, und stattdessen kam nur ein einziges Buch heraus, das wir kennen. Alles andere durfte nicht erscheinen und wurde, wie ich eingangs sagte, von den obersten Autoritäten abgeschafft.“

Der Mensch, der zu den Religionen sprach, war tief gerührt von dem elenden Zustand der Menschheit. Nach dem er einen tiefen Atemzug holte, fügte er mit seiner leisen Stimme – wie dem Puls einer schlafenden Person – hinzu:

„Wollt ihr mehr über eure Geschichte hören oder reicht das, was ich euch vorgetragen habe?“

Die Religionen waren sehr wütend, der Zorn schoss aus ihren Augen. Sie haben zwar eine ähnliche Kritik zu hören bekommen, haben aber alles in Bewegung gesetzt, um die Kritiker zu beseitigen, ehe sie ihre Kri-

116

tik aussprechen konnten. Dieses Mal zeigten sie sich etwas zivilisierter und aufgeschlossener, um der modernen Zeit gerecht zu werden, weshalb sie dem weisen Menschen das Wort überließen. Allerdings haben sie ihre Entscheidung schnell wieder bereut. Sie forderten Überlegungszeit, um über die Situation Herr zu werden, sie sagten:

„Wir benötigen Zeit zum Überlegen „„"

Sie wendeten dem Menschen den Rücken zu und flüsterten unter sich, und aus dem Flüstern wurde eine lautstarke Auseinandersetzung. Fest entschlossen sagten sie schließlich:

„Wenn du zu den aufrichtigen und ehrlichen Menschen gehörst, dann sag uns konkret, welche unserer Aussagen menschenfeindlich sind, damit wir sicherstellen können, dass wir keine unbewussten Rechtschreibfehler gemacht haben, die uns am Anfang unserer Revolutionen passiert sind. So etwas kann im Rahmen von Veränderungen immer vorkommen ..."

In einer strengen Ernsthaftigkeit erwiderte er:

„Na gut, ihr seid auf dem Prüfstein. Dann beginnen wir eben mit der ersten Überlieferung. Hört gut zu:

Das 3. Buch Mose Kapitel 24 – „Wer irgendeinen Menschen erschlägt, der soll des Todes sterben. Wer aber ein Vieh erschlägt, der soll's bezahlen, Leib um Leib. Und wer seinen Nächsten verletzt, dem soll man tun, wie er getan hat. Schande um Schande, Auge um Auge, Zahn um Zahn."

Das 5. Buch Mose Kapitel 20 – „Wenn du vor eine Stadt ziehst, sie zu bestreiten, so sollst du ihr den Frieden anbieten. Antwortet sie dir friedlich und tut dir auf, so soll das Volk, das darin gefunden wird, dir zinsbar und untertan sein. Will sie aber nicht friedlich mit dir handeln und will mit dir kriegen, so belagere sie. Und wenn sie der HERR, dein Gott, dir in die Hand gibt, so sollst du alles, was männlich darin ist, mit des Schwertes Schärfe schlagen. Allein die Weiber, die Kinder und das Vieh und alles, was in der Stadt ist, und allen Raub sollst du unter deinesgleichen austeilen und sollst essen von der Ausbeute deiner Feinde, die dir der HERR, dein Gott, gegeben hat."

Die Paradoxie an der Sache ist, dass ihr all das mit euren zehn Geboten, die Lügen, Raub, Sünden und Gotteslästerung verbieten, verachtet. Vor allem Eltern haben darin einen hohen Stellenwert, in dem man sie mit Gnade behandeln soll!.

Weitere Zitate aus anderen Büchern: „Ihr sollt nicht meinen, dass ich gekommen bin, Frieden zu bringen auf die Erde. Ich bin nicht gekommen, Frieden zu bringen, sondern das Schwert. Denn ich bin gekommen, den Menschen zu entzweien, den Sohn mit seinem Vater und die Tochter mit ihrer Mutter und die Schwiegertochter mit ihrer Schwiegermutter. Und des Menschen Feinde werden seine eigenen Hausgenossen sein." (Matthäus Bibel – Kapitel 34). Dem wird jedoch im Kapitel 5 widersprochen: „... Liebt eure Feinde und betet für die, die euch verfolgen ..."

In einem anderen Kontext wird Folgendes erwähnt: „Richtet nicht, damit ihr nicht gerichtet werdet." (Matthäus Bibel – Kapitel 7). Dann weist der Mensch auf folgenden Text hin: „... nicht widerstreben sollt ihr dem Bösen, sondern: Wenn dich jemand auf deine rechte Backe schlägt, dem biete die andere auch dar. Und wenn dich jemand eine Meile nötigt, so geh mit ihm zwei …"

Ähnliche Inhalte enthüllt der Quran und sie sind äußerst schwerwiegend. Hört aufmerksam zu: „Und Wir haben ihnen darin vorgeschrieben: Leben um Leben, Auge um Auge, Nase um Nase, Ohr um Ohr, Zahn um Zahn; und (auch) für Verwundungen Wiedervergeltung …" – Surat Al Ma´ida, ayat 45. Ferner wird aufgeführt „Wer nun gegen euch gewalttätig handelt, gegen den handelt in gleichem Maße gewalttätig, wie er gegen euch gewalttätig war …" – Surat Albaqara, Teil 2, ayat 194.

Auf der anderen Seite wird betont: „Gewiss, diejenigen, die glauben, und diejenigen, die dem Judentum angehören, und die Christen und die Sābier – wer immer an Allah und den Jüngsten Tag glaubt und rechtschaffend handelt, – die haben ihren Lohn bei ihrem Herrn, und keine Furcht soll sie überkommen, noch werden sie traurig sein." – Surat Albaqara, Teil 1, ayat 62.

Für einen Moment versuchten die Religionen, diesen Menschen und seine Aussagen zu verarbeiten, denn sie fühlten sich in die Ecke gedrängt. Als sie begannen ihre Ideologie zu verteidigen, endeten sie in einer Auseinandersetzung. Denn dieser Mensch entblößte sie, er sagte:

„Alles, was ich genannt habe, verkörpert euch und eure Ideologien. Ich habe nichts von dem erfunden, dies sind eure Aussagen und Überlieferungen, und damit habt ihr über ganze Generationen die Menschheit manipuliert. Und nun dürft ihr ernten, was ihr gesät habt. Keiner und nichts kann euch daraus helfen. Ihr seid gezwungen, das Gespräch mit uns zu suchen, uns zuzuhören. Gebt euch Mühe, unser Wesen zu verstehen, denn nichts bleibt unverändert, wenn sogar die Zeit in ständiger Veränderung ist. Wir sind nicht eure Feinde, vielmehr brauchen wir eure bedingungslose Verbundenheit und eure Gnade. Gott hat uns erschaffen, ohne Bedingungen aufzustellen. Wir sind Gottes freie Geschöpfe mit Verstand und Seele. Geführt sind wir von unseren gottesfürchtigen Gewissen. Wir sind keine Idole oder Verehrer von Götterstatuen.

Ich zitiere aus den Satanischen Versen „Das sind die erhabenen Kraniche. Auf ihre Fürbitte darf man hoffen."

Ihr müsst eure irreführenden Provokation beenden, denn die Wahrheit braucht keine Beweise.

* * *

Als der Autor die Geschichte über meine grausame und menschenverachtende Vermählung gelesen hatte, war er fasziniert davon. Deshalb entschied er sich, diese auf seine eigene Art zu schreiben. Er fügte einen Hauch von literarischem Drama hinzu, der passend zur Intensität meiner Erlebnisse ist. Ich durfte die neue Form meiner Geschichte durch die vier bereits publizierten Teile sehen und war unglaublich erstaunt von der Bewunderung der Leser. Mein Selbstwertgefühl ist durch das, was ich vollbracht habe, gestärkt worden. Ich habe es getan, damit es eine Lektion für andere wird, ein Beispiel, das sich jede Frau nehmen sollte, bevor sie in dem Sumpf des Elends versinkt, in dem ich jahrelang gefangen war. Diese Lektion war der Hintergrund für das, was ich gewagt habe zu erzählen und niederzuschreiben ... Der Autor beendete meine Geschichte mit der Schlussfolgerung: „Ist etwa das Glück des Einzelnen eines der wichtigsten Ziele unseres Daseins? ... Ich weiß es nicht!

Ich möchte mich bei den Lesern bedanken, für ihr Lob und ihre ermutigenden und liebevollen Worte. Mir fehlt im Moment der Mut, meine Gefühle zum Ausdruck zu bringen. Ich überlasse deshalb meine Gefühle dem Stift des Autors, wohlwissend und überzeugt, dass er meine versteckte Freude und mein Glücksgefühl zum Vorschein bringen wird.

* * *

Zum Schluss meiner Erzählung muss der Anfang erwähnt werden, was bedeutet, dass Fragen behandelt werden wie: Wie hat das Leben der Familie von N.N. im Exil begonnen? Wie konnte sie aus dem Irak fliehen und ein stabiles Leben aufbauen?

Die Situation schien sehr schwierig zu sein, aber mit dem Willen Gottes konnte sie überwunden werden. Der älteste Sohn ist zunächst alleine nach Schweden gereist und dort angekommen. Er fand eine Arbeit und arbeitete hart, bis er in der Lage war, seine Mutter und die jüngeren Geschwister zu unterstützen. Er hat die Flucht nach Schweden finanziert und stellte eine

angemessene Unterkunft bereit. Nach wenigen Monaten hat er eine Frau aus der Verwandtschaft geheiratet,
eine, die seiner Religion angehört. Seine Haltung und
Unterstützung hat N.N. als Mutter wiederbelebt, deren
innerster Wunsch es war, ihren Sohn mit einer für ihn
passenden Frau vermählt zu sehen.

Auch seine Schwester durfte dieses Glück erleben
und hat einen jungen Mann aus der Verwandtschaft
geheiratet ... Somit war die Mutter von allem Stress
befreit und fand Zeit für sich selbst. Trotz ihres fort-
schreitenden Alters hat sie die Schulbildung vollendet.
Tagsüber besuchte sie die Schule und an den Wochen-
enden arbeitete sie bei einem renommierten Frisörla-
den, der in ihrem Wohnviertel sehr gefragt war.

Ihr soziales und finanzielles Leben wurde stabiler,
denn sie konnte die Lorbeeren ihrer Mühe ernten und
durfte miterleben, wie ihre Kinder wachsen und weiser
wurden.

* * *

Mit dem Ende dieser Geschichte ist es unabding-
bar, über das Leben, im Exil zu berichten, über dessen
Details und Schattenseiten.

Das Exil ist eine paradoxe, einzigartige Welt. Sie
vereint Bösartigkeit und Gutmütigkeit, Freiheit und
Beschränkungen, Gnade und Unrecht, Konservatis-
mus und Liberalismus. Geführt von Entfremdung, von
Zerfall und von der Machtlosigkeit. Sogar die Manieren im Exil sind anders als die der Heimat. Nur wer das
Leben im Exil gekostet hat, kann darüber berichten.

Egal wie sehr es umschrieben oder beschrieben wird, es bleibt solange unbekannt, bis es uns eines Tages überwältigt. Es ist eine Welt, für die mein Stift nicht die richtigen Worte aufzeichnen kann ... Eine nostalgische Welt der Sehnsucht und Emotionen, gemischt mit Besinnung und Achtsamkeit. Diese Welt ernährt sich von der Liebe zur Ruhe der Nacht, der Stille des Mondes, dem Funkeln der Sterne, und ist frei von Egoismus. Das Gefühl eines Fremden im Exil und seine Sehnsucht sind wahrscheinlich – nach dem Tod - eine weitere Wahrheit unseres Daseins!

40

So wie wir geboren sind, werden wir fortbestehen.

Alles, was an Elend erwähnt, erzählt und beschrieben wurde, wird sich in anderen Gestalten in jedem Augenblick unserer Zeit wiederholen. Der Ehemann der Hauptfigur wird in unserem Leben mit anderen Namen und in anderer Gestalt auftauchen ... Wir müssen deshalb vorsichtig sein, denn da draußen gibt es Millionen von Männern, die ihm ähnlich sind. Die Aufführung wird wiederholt und der Bühnenvorhang ist noch nicht heruntergezogen. Es gibt noch viele Szenen und Teile, die darauf warten, vorgeführt zu werden. Ich als Autor werde mein Bestes geben und diese so gut es geht mitzeichnen und veröffentlichen, solange Gott mich am Leben hält. Und sollte ich bis dahin nicht mehr am Leben sein, werden diese Geschichten dennoch das Licht sehen, denn sie sind bereits Bestandteil meiner Unterlagen. Sie werden in jedem Fall erscheinen, und sollte es dazu kommen, werde ich sie in Form eines Romans herausbringen – mit dem Titel „Die Frau aus dem Orient" ... Das verspreche ich!

Haitham Nafil Wali
23. März 2018
München/Deutschland

Zu guter Letzt möchte ich den verehrten Lesern und Leserinnen die Hintergründe zu der Hauptfigur dieses Romans darstellen. Die Dame, deren wahren Namen ich nicht erwähnen darf und sie deshalb lediglich mit zwei Buchstaben „N.N." benannt habe, aus Respekt zu ihrer Privatsphäre und zu ihrem Schutz. Deshalb würde ich N.N. gerne in wenigen Zeilen näher beschreiben:

Die Hauptfigur des Romans ist Angehörige einer monotheistischen Religion, dem Mandäismus. Anhänger dieser Religion werden als Mandäer bezeichnet, sie erkennen Johannes den Täufer als letzten Propheten an und sprechen die alte ostaramäische Sakralsprache. Ihren Glauben widmen sie dem alleinigen Gott und seiner Einheit. Mandäer führen ihre Wurzeln auf den ersten Propheten „Adam" zurück und berufen sich auf ihre heilige Schrift „Sidra Rabba", auch Adamsbuch genannt. Zeremonien und Gebete sind Grundsakramente der mandäischen Religion. Im Zentrum ihrer Rituale steht die Taufe im laufenden Wasser, sie wurde vom Propheten Johannes – Sohn von Zacharias – praktiziert und überliefert.

Mandäer zeichnen sich durch ihre minimalistische Lebensart und strengen Bräuchen und Sitten aus, denn sie gehören zu einer Religion, die das Aus- und Eintreten verbietet. Jene, die aus dieser Religion austreten, werden von der Gemeinschaft ausgestoßen und können nie wieder zu ihrer Ethnizität zurückkehren.

Die mandäische Religion ist im ersten Jahrhundert vor Christus entstanden. Ihre Anhänger sind in Form einer Täuferbewegung von Israel nach Haran – eine Stadt in Nordmesopotamien, im heutigen Irak – gesiedelt. Die Missionierung dieser Religion nahm im sechsten Jahrhundert, unter der Herrschaft der Abbasiden ihr Ende. Aufgrund der zahlreichen Gewässer wanderten die Mandäer nach dem Süden Iraks aus, denn Wasser ist ein elementarer Bestandteil der mandäischen Religion. Es ist bedeutsam für ihre Existenz und ihre Fortpflanzung. Die Zahl der Mandäer begrenzt sich heute auf rund 100.000 weltweit. Viele von ihnen leben in Australien. Ein Teil ist allerdings auch in Schweden und Amerika verstreut.

Sie alle streben nach einem würdevollen und friedlichen Leben. Und genau aus diesem Grund weigerte sich die Hauptfigur des Romans ihren Namen zu enthüllen, denn ihr ist bewusst, dass sie ein Teil einer kleinen und verschlossenen Gemeinde ist. Wenn sich auch nur ein Hall ihrer Stimme rauskommt, werden es alle blitzschnell hören!

Der Autor in wenigen Zeilen

Irakisch stämmiger Romanautor und Erzähler, geboren im Jahr 1965 in Bagdad. Er studierte Landschaftsarchitektur an der Bagdad Universität. 1990 wanderte er gemeinsam mit seiner Frau aus nach Deutschland. Er gründetet einen Zeitschriftenverlag für arabischsprachige Publikationen mit dem Namen „Memra des Wortes" in München im Jahr 1999, wo er als Chefredakteur agierte. Er veröffentlichte eine große Menge an Kurzgeschichten, kurzen Erzählungen und Artikeln in vielen verschiedenen orientalischen Portalen und Zeitschriften wie: „Afaq Mandaea", „Al Ahad", die Kulturzeitschrift „Aflam", „Aswat Alshemal", „Alnaas", „Adab", „Shabakat Haneen", „Tyor Dejla" und vielen anderen. Er startete mehrere Versuche in Kunst und Malerei. Während seines Studiums führte er drei Kunstausstellungen aus.

Im Jahr 2014 gründete er einen Verein für mandäische Schriftsteller, Künstler und Intellektuelle und war für die Dauer von zwei Jahren ein Mitglied im Vorbereitungsausschuss. Im Jahr 2017 gründete er ein Forum mit dem Namen „Walis freie Forum für Kurzgeschichte" mit dem Ziel, junge Talente über das Onlineportal zu motivieren.

Publikationen:

Die Bescherung der Jahre: Eine Geschichtensammlung. Wagner Presse, München 2005. *Zweifel und andere Dinge*: Theaterstück. Wagner Presse München 2007. *Religion und Prophet in der Geschichte*: Studie, München 2010. *Die Toten sprechen nicht*: Eine Geschichtensammlung. Shams

Medienverlag, Kairo 2014. *Die Flucht zur Hölle*: Eine Geschichtensammlung. Shams Medienverlag, Kairo 2014. *Über die Widersprüche unserer Zeit*: Eine Geschichtensammlung. Shams Medienverlag, Kairo 2015. *Anhor, das Mädchen aus dem Zweistromland* (Mesopotamien): Ein Roman, Shams Medienagentur, Kairo 2016. *Die Plage im Orient*: Ein Roman, Shams Medienverlag, Kairo 2016. *Die Täuschung*: Ein Roman. Shams Medienverlag, Kairo 2017. *Die Rückkehr*. Shams Medienverlag, Kairo. *Aus dem Inneren der Zelle*. Eine Geschichtensammlung. Shams Medienverlag, Kairo. *Eine Reflexion der menschlichen Welt*. Artikelsammlung. Shams Medienverlag, Kairo. *Der Teufel*. Al Mutanaby Medienverlag. Kairo. *Der Tod auf dem Gehsteig des Exils*. Eine Geschichtensammlung. Sama Medienverlag. Kairo.

Im Druck befindliche Publikationen:
Die Rückkehr: Ein Roman. Shams Medienverlag. *Gefangen in der Zelle*: Eine Geschichtensammlung. Shams Medienverlag, Kairo. *Eine Reise durch die Welt des Menschen*: Eine Artikelsammlung. Shams Medienverlag, Kairo

E-Mail Adresse: haitham65hotmail.de